Johnny

regard de filles

Johnny

regard de filles

Sandrine Décembre
Sonia Kourda

HACHETTE
CARRERE

dédicaces

À nos parents.
À Serge D. et Johnny Hallyday.
Aux amours de Johnny :
ses fans, son public, qui nous ont encouragées.
À Albert, Laurence, Thérèse.
À Jacques, Jonathan Tison.
À Jean-Pierre, Fabienne et Marie-Laure.
Au poète Manuel Rossi, "an angel".
À Robin, "a second angel".
À Joan Le Mesurier, à Bernie Taupin et "emery green".
À Picture palace. À Rod Stewart.
À "all the band".
À Chris Kimsey, pour ce qu'il m'a appris.
À Jean-Yves Billet et Patrice Gaulupeau, les Rock'n Roll Boys de Johnny.
À Gérard Layani.
À Pierre Zito. Merci.
À Patrick Jakob.
À l'écrivain Hélène Kurelsky.
À Hervé Durand, "my third angel".
À Michèle Gerber et Francis Prodhomme.
À Doris et son guitariste Bernard D.
À Sylvie Tison.
À Marie-Hélène Lagier.
À ma NONA.
À Philippe Léotard, à Philippe Servain, à Yves Boisset, à Leny Escudero.
À Louis Bertignac et Jean-Louis Aubert.
Aux êtres visibles et invisibles du vaisseau Bercy.
À l'écrivain Jean Cormier et à Elisabeth B.
À Josette Sureau.
À "A MI MORT".
À la fondation Jacques Brel.
À Pierre Brel, à Maddly Brel.
À Isabelle Jeannenot.
À l'équipe du livre : Anne Spengler, François Huertas, Etienne Hénocq.
À Laetitia Receveur.
À Marie, Laura, Gaëlle Richer.
À Nathalie, le p'tit bout, Frédéric Novier.
À Vanda.
À Francis Zegut.
À Michel Bertrand et Nath Dumur.
À Ted et Pamela Butler
À Flora Weiss.
À Céline Tronquet.
À Yves Duteil.
À Didier Marlin.
À Joël Devouges, notre coach,
pour sa patience,
son engagement
à nos côtés.

"Je suis, comme vo

de Johnny Hallyda

grotesque ? Vous

l'âge où, si on n'e

on aime ce qui es

peux pas attendre

invitera un Johnny

compte est bon, à l

Ce n'est pas parce que les choses sont difficiles
que nous n'osons pas, c'est parce que nous n'osons pas
qu'elles sont difficiles.

Sénèque, Lettre à Lucilius.

"Je suis, comme vous le voyez, des fans de Johnny Hallyday.
Vous trouvez cela grotesque ?
Vous avez tort, je suis à l'âge où,
si on n'est pas un monstre, on aime ce qui est en devenir.
Je ne peux pas attendre l'an 2000,
quand on invitera un Johnny de 56 ans,
si mon compte est bon, à la Maison Blanche...

Elsa Triolet, Les Lettres Françaises,
N° 1016 du 13 au 19 février 1964

un regard neuf...

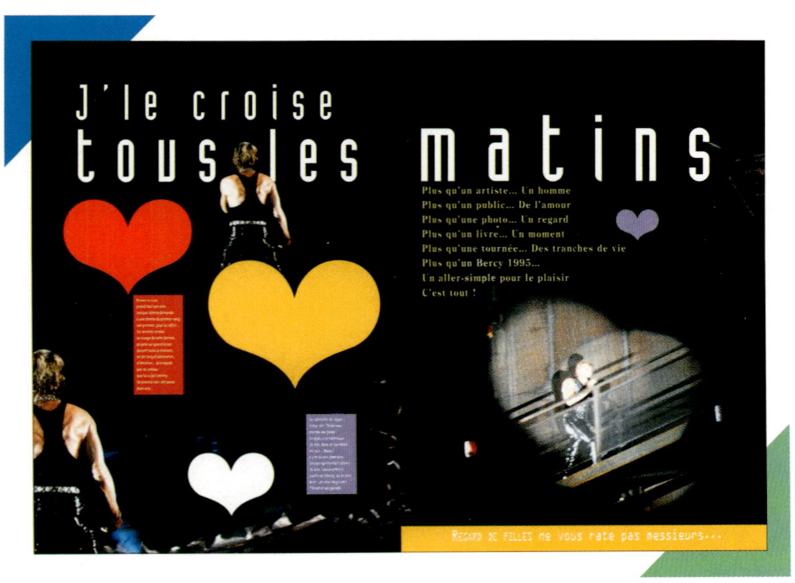

Rock'n Roll Attitudes

du petit piaf
au grand aigle

Dans le regard des autres

Allons,
il faut partir !
Il y a des êtres qui, sans vraiment les connaître, font partie de votre vie parce qu'ils ont des élans qui ressemblent à ce que nous aimons et nous avons le sentiment de toucher la même étoile. En lui coule une rivière de tendresse, qui le rend si émouvant que personne ne peut rester insensible à ses courbes. S'il butine de fleur en fleur, c'est pour boire l'elixir d'amour dont son cœur a besoin. Et, si l'harmonie se cachait sous une fleur, le printemps ne serait-il pas éternel ?
L'expression artistique de Johnny Hallyday est un hymne à l'énergie, la puissance, la crédibilité, l'aventure, la joie de vivre, à l'envie d'aimer. Alors, comment ne pas rechercher celui qui porte cela ? L'homme de tendresse, l'homme d'amour, l'homme de fraternité, l'homme d'harmonie, l'homme de liberté, l'homme tout simplement.
MADDLY BREL
Tendresse et big Merci à :
Nathalie Lecourtois, Patricia Dinov.
Georges Marchais, pour sa gentillesse.
Patrick Mahé, pour son aide et ses encouragements.
Gil Verlan, pour son écoute.
Guy Lux et Christophe.
Martine, Mireille, Patrick, pour leur soutien.
Nadine Kerwya.
Josette Sureau, pour sa douceur et ses jolies photos.
Mauricette, Marcel, Pascal Cap.
Sophie Brissaud, notre talentueuse astrologue.
Céline, pour son efficacité et sa patience.
La sympathique équipe du Charmandising d'Olivier de Bosson.
Jimmy, Djamel, Olivier.
La stacco "band" de Strasbourg.
Laurence Duhamel, dite Lola.
Nelly, Tilda et Benjamine.
Jean-Pierre Janiaud.
Willie Williams.
Luc Vindras, Pascal et Christophe.
Michel et Guy Marseguerra, Roger Abriol et Laetitia.
B. J. Lewis.
Patrick Levy pour son accueil.
La délicieuse équipe du catering.
Gill Paquet.
Nagui, Éric Dietrich, Philippe Vasseur.
Le Général Bigeard.
Régine Deforges et Pierre Wiaz.
Bernard Tritter et son village que j'aime.
A toi, crevette décortiquée.

...en 9 temps

regard de filles

DÉCLARATION "D'ART MOUR"
à un homme qui construit
certains de nos rêves en silence.

Un homme qui préfère se perdre
dans une image lointaine
de lui-même et TOUT donner
sur scène.

Un livre pour ceux qui l'aiment,
pour ceux qu'il aime...

... Car l'amour c'est tout c'qui compte,
au fond !

Merci d'exister si joliment
à VOUS, à TOI.

Sandrine & Sonia -

regard de Johnny

Le livre écrit par Sandrine et Sonia est une Belle déclaration d'amour.
C'est un regard de filles original!

Johnny

Merci à toi, Tony Franck.

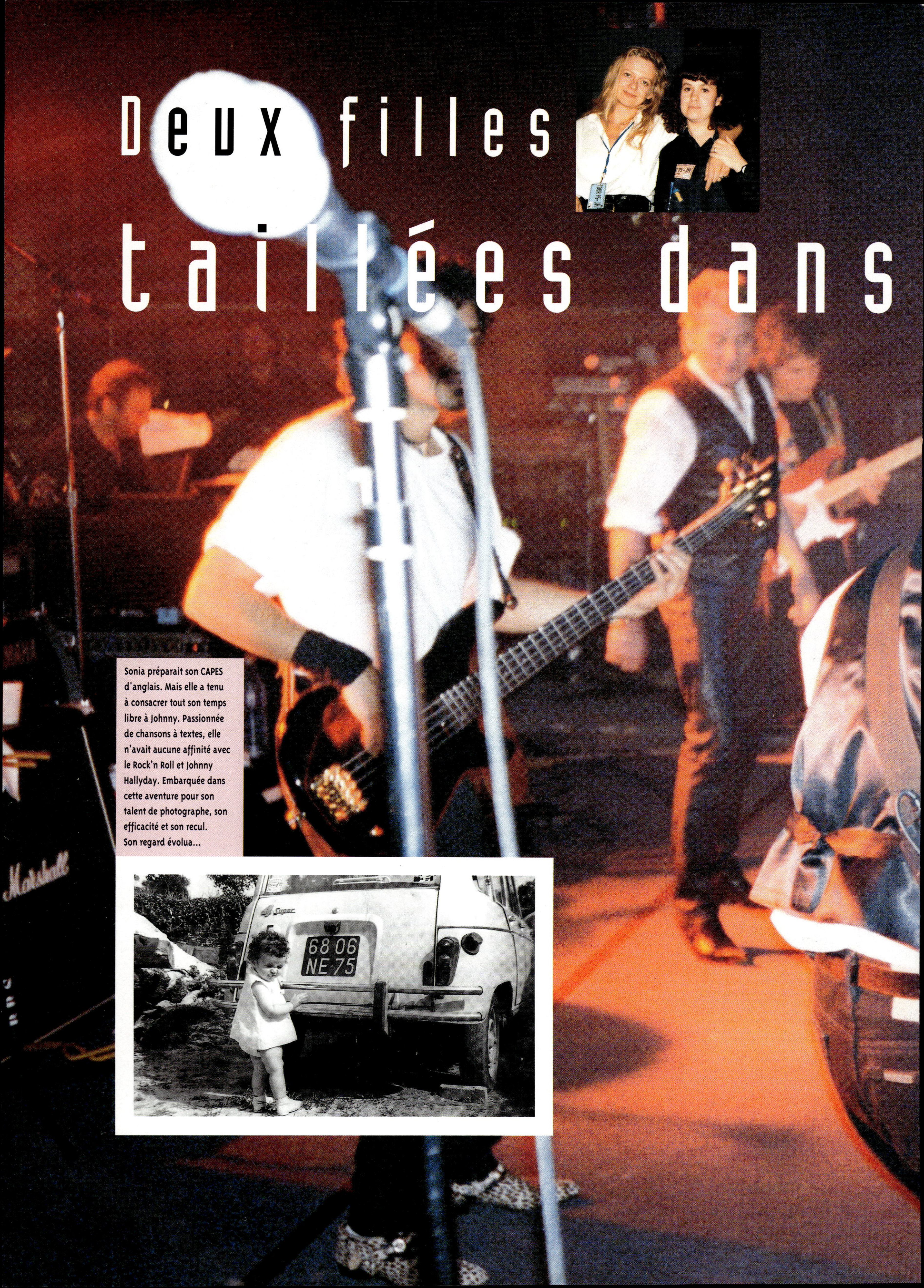

Deux filles taillées dans

Sonia préparait son CAPES d'anglais. Mais elle a tenu à consacrer tout son temps libre à Johnny. Passionnée de chansons à textes, elle n'avait aucune affinité avec le Rock'n Roll et Johnny Hallyday. Embarquée dans cette aventure pour son talent de photographe, son efficacité et son recul. Son regard évolua...

le rock!

Sandrine suspend la rédaction de son premier roman pour en vivre un autre avec Johnny, envoûtée par cet air de vie qu'est le Rock'n Roll. Ses parents se trémoussaient au rythme de ce courant musical. Bluffée. Vite orientée vers les Anglo-Saxons en pensant trouver une réponse à la question : "Quest-ce que le Rock'n Roll ?" Chris Kimsey la ramènera au bercail en lui ouvrant les yeux sur Johnny Hallyday. La réponse était sous son nez.

À Paris où je me suis installée pour des raisons professionnelles il y a deux ans, j'ai le cœur lourd d'une séparation affective. Strasbourg me manque. Je suis une provinciale à tendance paysanne, et je dois m'y résoudre!

L'image que j'avais de Johnny Hallyday avant de le rencontrer était toute "française" et lointaine... Je donnais plus d'importance à ses histoires et frasques nocturnes, qu'à son œuvre.

Comme tout le monde, je me délecte assidûment en parcourant la presse à scandale et les magazines... Bien souvent j'y ai aperçu Johnny Hallyday. Alcool, jolies muses, déjante... Sexe, Drogue & Rock'n Roll... Reflet de nos envies de folies, de nos pudeurs, de nos craintes...

Jean-Claude, notre concubin sécurisant durant les 19 Bercy.

Lors du premier concert, en *backstage*, la personne à qui Johnny me fit penser fut Brel. Malgré tout, l'image "Médias" continuait à bercer mes neurones de mélomane. Le premier entretien quoique surprenant n'y changea rien.

Flash-back

Petite, ma mère me disait :"Il vaut mieux te faire passer pour plus bête que tu n'es que de ne rien faire passer du tout, blondinette..."

Je répondais, négligemment : "Oui, oui"...

C'est incroyable cette fâcheuse tendance que l'on a à prendre ses parents pour des cons, jusqu'à un certain âge! Cette phrase maternelle était donc jusque-là restée théorique pour moi. Lors de ma première entrevue avec Johnny, je compris toute la portée de ces mots... Ma pauvre mère s'était fatiguée à essayer de me faire comprendre durant vingt longues et épuisantes années, pour elle, une phrase qui prit tout son sens lors de cette conversation.

"All the band" et Chris Kimsey, quelques minutes avant le premier Bercy.

C'était au Havre, un soir de déluge, après un concert. Voici donc l'image que j'avais de Johnny Hallyday : vieux chanteur de Rock'n Roll français, talentueux, stupide, alcoolique.

Je me suis pris "La" gamelle :

— Tu es belle.

Il venait de me faire un compliment!

J'éprouve toujours un certain plaisir à raconter cette histoire, car dans sa bouche ce compliment revêt, après coup, une portée intemporelle. En "Marie-mêle-tout", écervelée de première classe, je n'avais rien trouvé de mieux, en réponse à cette gentillesse, que de lui rétorquer :

— Vous êtes un professionnel, un artiste, un interprète exceptionnel... mais vous êtes alcoolique, c'est con...

Erick Bamy changea de couleur...

Johnny eut un mouvement de recul, leva la tête et me lança :

— Toi, tu es une garce!

Ouf! Le choc...

— Non. Je ne suis pas une garce!

J'ai préféré répondre plutôt que de tenter de lui casser la figure, c'était plus prudent...

La réponse qu'il me donna nous fit sourire tous les deux... Et lorsque Johnny sourit, ses yeux s'éclairent, ils sont joliment bleus...

— Si tu n'es pas une garce, je ne suis pas un alcoolique.

J'avais en tête l'image d'un chanteur Rock'n Roll imbibé d'alcool. Il eut l'image d'une blondinette idiote et puérile. Mais lui ne s'était pas arrêté à une simple image... Moi, si.
Johnny m'avait surpris par sa lucidité.
"Il vaut mieux se faire passer pour plus bête..."
Je compris, ce soir-là, toute la portée du proverbe de maman...

Lorsque Chris et Robin me parlaient de lui, j'avais l'impression que nous ne connaissions pas la même personne! Chris et Robin, Anglo-Saxons, pointures en leur domaine, ne s'attardaient pas sur cette image-là. Ils ne connaissaient que le professionnel : le chanteur entier, efficace, guitariste de Rock'n Roll, qui déménage, surprend... Lors des répétitions pour Bercy, ils m'ont donné envie d'en savoir plus sur Johnny. C'est donc quatre mois durant, avec l'aide de son secrétaire, de son groupe, de son équipe, que je me suis glissée, faufilée en observatrice dans les loges, la salle... Discrètement avec Sonia, nous nous sommes imprégnées de l'ambiance, laissées emporter par le son des guitares. Nous avons vécu au rythme, à la démesure "Hallydayenne".
C'est REGARD DE FILLES.

Lundi 4 Septembre

Ce soir, je vois mon ami Robin. Il vit à Los Angeles, il est guitariste. On dit de lui que c'est un "grand"... Il accompagne et compose en effet pour Rod Stewart, a joué avec bien d'autres. Il est souriant, pétillant, tendre, et avant tout... c'est mon ami. Robin est à Paris, cette fois, pour jouer auprès de Johnny.
Nous nous sommes rencontrés grâce à Chris Kimsey, conseiller musical et producteur. Chris c'est : les Rolling Stones, enregistrés à l'Olympia et ailleurs, INXS, Killing Jones, YES, Colin James, Johnny Hallyday...
Chris c'est un pro, mais c'est surtout un être humain, humble, simple, entier, l'ami de Johnny depuis vingt ans, un magicien du Rock'n Roll, comme Johnny, comme Robin et sa guitare... Ce sont des hommes que l'on aime, car passionnés, ils donnent, s'engagent, vibrent, se ressemblent, se rassemblent... Les anges les aiment...

Flash-back

Comme Raymond, mon père, maçon, officiant dans un village de trois cents âmes, mon héros... Lorsqu'il observe le monde, il me fait rêver. Il m'a aussi appris que ce même monde ne tourne pas toujours rond, qu'il faut être soi, garder la tête haute, continuer à se battre. Et lorsqu'il me parle de son métier... il est, lui aussi, entier, passionné, instinctif, clairvoyant, efficace, humble.

Robin me demande de ses nouvelles.
Il espère qu'il se déplacera pour assister à l'un des futurs concerts de la tournée. Depuis son dernier passage à Paris pour l'enregistrement du nouvel album de Johnny, Robin pense que les anges sont avec nous dès lors que nous restons nous-mêmes, forts ou fragiles, un verre de trop ou pas, avec ou sans souci, même si cette mission-là n'est pas toujours facile à accomplir... Et elle ne l'est pas.

Je lui raconte mes mésaventures... Pour l'instant, je n'ai plus de travail, mais je continue à me battre...
Les anges ont mis sur ma route : Serge, l'homme de ma vie. Et ils n'ont pas chômé les anges, durant tout ce temps, car Robin a rencontré : Brogen...
Notre soirée se passera dans un premier temps à parler d'eux : Serge et Brogen, à énumérer les hasards qui font que nos routes se croisent, que nos cœurs battent un jour pour une autre, un autre, et plus seulement au son d'un riff de guitare, d'un solo de batterie... "Le monde est petit", me dira-t-il... Mais, tout ce temps à les attendre, ces deux-là, il nous a paru bien grand, le monde!
Nous sommes heureux.
Robin et moi parlons musique, il m'apprend beaucoup...

Mardi 5 Septembre

Première répétition à Bercy...
Ce monstre du Rock'n Roll chante, là, à quelques mètres de moi. Là, c'est sur une scène immense, à étage, avec une avancée dans le public... À l'intérieur de cette avancée, des gens seront placés... Il chante *Ne m'oublie pas,* comment pourrait-on l'oublier... Il est talentueux, expressif, il est bien là! Je pense alors à ces journalistes qui font d'une cuite, un drame théâtral en plusieurs actes...
Pour moi, les trois actes de la cuite sont :

On sort, on picole trop, on vomit...

Rien de plus...

On est beaucoup à avoir joué cette pièce-là. On est peu à préparer Bercy!
Entouré de Robin et de tous ces monstres du Rock'n Roll, Johnny est très très clair, efficace, rapide. Sa voix sonne, les guitares tonnent... Il est Le chef d'orchestre de ses morceaux, dirige le *Break* batterie, arrête sa chanson pour expliquer ce qu'il veut, ôte ses lunettes de soleil, baisse la tête, écoute... Sa chevelure blonde rythme la chanson... Je viens de m'entretenir avec Joël Devouges, son secrétaire, il lui parlera de mon idée de livre, REGARD DE FILLES... Joël m'a donné rendez-vous demain, à 18 H. L'idée lui plaît, mais il tient à avoir un aperçu du projet.

Le bonheur d'écrire et de décrire cet artiste est immense... Une petite provinciale vous observe, Monsieur Hallyday, et remercie les anges d'avoir veillé sur elle.
Les anges... l'un d'eux, se nomme sûrement Joël, l'autre Robin, le troisième Chris... Ne pas oublier Raymond et Francine!

La répétition se termine...
Le temps de saluer toute l'équipe, je repars dans *my little car,* traduisez "petite voiture", les musiciens ayant surnommé mon AX Sport ainsi, ce qui n'est pas, pour l'avouer, sans me contrarier. Mon cœur bat la chamade, pensant déjà à tout ce que j'ai envie de dire, à l'immense bonheur et privilège de pouvoir écrire et partager un regard sur Johnny Hallyday... La camionnette des musiciens éloignée, je fonce sur la première cabine téléphonique pour prévenir Sonia. Je lui explique, à la limite de l'hystérie, mon entretien avec Joël et l'intérêt qu'il a porté à notre projet...

Puis je m'installe à la terrasse la plus proche, pour déguster en solitaire... un cognac. Pas très sérieux, mais tellement bon. La nuit tombe sur Paris. J'écris quelques lignes avant de rentrer *in my home sweet home* où une longue nuit de travail, de préparatifs, m'attend pour convaincre Joël et Johnny, demain...

Mercredi 6 Septembre

Le cœur lourd mais plein d'espoir, petite Sonia et moi-même sommes arrivées à Bercy Hall 38, cet après midi... OK. Pas de problème pour entrer... L'un des "mecs de la sécu" m'avait reconnue.

Joël n'est pas encore arrivé. On patiente dans la salle... Ils ont installé les sièges aujourd'hui. Les lumières, aussi. En attendant, je propose à Sonia de prendre quelques photos de la répétition pour les montrer à Joël le lendemain... En "deux coups de cuillère à pot", deux types nous tombent dessus, prennent notre appareil... et Hop! On se retrouve devant le Hall 38...

— Les fans... Dehors!!!

— Aucune photo sans autorisation...

Sonia, éberluée, me lance alors : "Toi et tes plans, j'm'en souviendrai! C'est la première fois qu'on me sépare de mon appareil photo."

Désarmées, détruites, défaites... Sonia me dévisage, moi, je cherche bêtement à comprendre. J'ai allumé une cigarette. On venait de nous prendre l'appareil, la pellicule. Nous étions devant Bercy et avions un regard bien réduit... La description de la porte 38 n'intéresserait sûrement pas une maison d'édition.

Sur la pellicule : une photo... Johnny et son groupe, à dix mètres de nous... On aurait dû attendre l'accord de Joël pour la photo! Pour ne pas déranger la répét', on s'était posées derrière le premier escalier. Les gars ont pensé que l'on se cachait mais le jour où je me cacherai, je ne serai pas aussi visible.Notre bonne foi en prend un coup! Bref, je leur demande en douceur de contacter Joël dès son arrivée. Il est arrivé entre-temps, a appris l'incident et me fait dire que j'ai trahi sa confiance. Quel enfer! On récupère tant bien que mal l'appareil. Je fais parvenir les premières pages de REGARD DE FILLES à Joël. Une demi-heure plus tard, mon ami Robin arrive en minibus, accompagné des autres musiciens. En chœur ils s'exclament : " On nous a raconté!" Robin me propose de revenir ensemble le lendemain. Sonia n'a pas dit un mot... Toujours sur la planète Mars depuis l'incident! Elle prépare un CAPES d'anglais, aime le calme... Cet incident l'a rendue muette. Demain, rendez-vous à 14H45, pour se rendre à Bercy en minibus bleu. Nous éclaircirons l'affaire. Il nous faudra prouver notre bonne foi, démontrer que nous ne sommes pas des paparazzi en herbe qui se cachent aux yeux de toute la "sécu", derrière un escalier. Et... "Mea culpa" pour la photo...

Sonia songeuse.

Il s'occupe de la sécurité hall 38, il m'a surnommée : "son cauchemar".

On aurait dû attendre mais, pour nous, l'image était sympa : Johnny au loin, dans un infime cercle de lumière. Notre premier regard de filles sur Bercy : raté! Les deux terroristes du mercredi reviendront demain, avec des complices. Elles investiront à nouveau dans une "pelloche", achetée sur la carte Fnac. C'est débité le mois d'après.

Sonia, Michel son ami, Sandrine.

Jeudi 7 Septembre

Après avoir couru à la Fnac des Ternes pour acheter deux pellicules, un bus m'a barré la route... Une demi-heure de manœuvres... Je devenais dingue! J'ai raté le départ en groupe à l'hôtel. C'est reparti... Vogue la galère! Arrivée directement à Bercy, Hall 38, j'ai demandé à la sécurité de faire appeler Robin.
15H40, premiers sons de guitare dans la salle de Bercy. Johnny débutera la répétition dans une heure. Robin se balade, guitare en mains. Assise au premier rang, devant la scène, j'observe notre rockeur au grand cœur. Vue sur un baffle immense, oreille comblée, les musiciens font la balance, moi j'écris. De temps à autre, Ian, Jim, Robin ou Phil, me lancent un regard approbateur. Le fait que j'écrive ce livre leur plaît beaucoup. Je suis là, j'écris, mais je reste désappointée par l'incident d'hier et inquiète concernant le dénouement de l'affaire. De jolis rayons de lumière rouge me font de l'œil. Un écran géant donne les premières images de Ian. Arrêt sur image. Erick Bamy, le double vocal de Johnny, attaque *Requiem pour un fou*, un morceau pour faire une balance et synchroniser l'ensemble des instruments.
Les caméras sont partout. Tu t'assieds dans un petit coin pour observer et Hop! tu es sur grand écran. Johnny vient d'arriver, huit personnes suivent. Silence. Il s'installe dans la salle, observe. Les regards se croisent, chacun observe l'autre.
La répèt' commence par des déplacements, l'avancée sur la grande rampe, descente par l'ascenseur. Johnny s'avance, longeant la rampe, cigarette en main, il chante *Je ne suis qu'un fou...*
Le metteur en scène, Bernard Schmidt, demande d'éteindre la lumière dans la salle pour faire l'intro de *Gabrielle*. Puis, *Lady Lucille*. Si ça ce n'est pas du rock, je m'exile en Malaisie, tout de suite.
Suivra : *Quand je la croise.*
Sur *Hot Legs*, titre de Rod Stewart, Robin s'éclate comme un fou, il me lance des regards emplis de bonheur...
Je vais faire un tour du côté du *Catering*, l'endroit où les musiciens, l'artiste, se rendent pour déjeuner ou dîner. Je retourne dans la salle, la liste des titres vient d'arriver. Johnny chante *Chercher les anges*, j'ai tout de suite un coup de cœur pour cette chanson. Puis ils viennent tous s'installer, à un mètre de moi, pour répéter la partie acoustique. C'est un moment assez magique que d'assister, seule au premier rang, à la répétition de cette partie du concert. Robin se marre, la guitare que l'on a remise à Johnny est désaccordée. Le morceau suivant, une corde de sa guitare casse. Robin et Johnny se marrent à nouveau, tels deux gosses complices. On pourrait croire que l'on assiste à un concert où il n'y aurait que dix personnes dans la salle. Le son nous semble très fort, la salle étant vide. En regardant autour de moi, je me demande comment cet artiste peut vivre au milieu de tous ces gens, de tous ces gens qu'il fait vivre. En mangeant mon sandwich jambon-beurre-gruyère, préparé gentiment par les gens du *Catering*, j'ai un coup de cafard. J'écris sans savoir si REGARD DE FILLES sera publié ou pas. Je me demande si ma présence, aujourd'hui, sera utile. En quittant Bercy, ce soir à 21H, je pense à mes amis de Strasbourg, à mon frère à Brest. C'est bien la seule chose qui me remonte le moral.

Joël, notre coach !

Vendredi 8 Septembre

Robin me laisse un message à 14H, il essaiera de joindre Joël. Je suis déprimée complet! Et mon frère que je n'avais pas eu au téléphone depuis bien longtemps m'appelle : “Pas trop le blues ?”...Et Hop... Larmoyante, je lui réponds : “Non, ça va.” Il décide alors de venir passer le week-end à Paris. Robin l'apprécie beaucoup, je pense que nous nous ferons une soirée tous les trois. Joël n'a pas appelé, je dois vivre mon “Jour le plus long”. Je n'irai pas à Bercy aujourd'hui.

Samedi 9 Septembre

Arrivée de Chris kimsey.
À midi trente, coup de fil de Joël. Il me donne rendez-vous à Bercy vers 17H. Mon frère m'accompagne, Bercy est vide! C'est reparti. On lui demande d'attendre à l'entrée du Hall 38, l'autorisation de revenir. Magique, Chris Kimsey vient d'arriver, tout sourire...
On parle du concert des Rolling Stones à l'Olympia. J'avais assisté, à ses côtés, à l'enregistrement. Je retrouve mon frère après avoir effectué quelques démarches... La crainte des attentats pèse lourdement sur Bercy, comme partout ailleurs dans Paris. Au fond, ces consignes et règles de sécurité, assez contraignantes, me rassurent. Nous allons nous installer dans le fond de la salle où Chris nous rejoint.

LAURA...
Johnny arrive, Laura l'accompagne. Il tient sa fille par l'épaule, protecteur, attentif, détaché de tout. Il lui montre la scène, la promène, lui fait faire le tour de la “fosse”. Chris va les saluer. Puis, un gigantesque drapeau bleu, blanc, rouge, descend lentement, un aigle immense se dessine... De magnifiques et sensuelles images de synthèse apparaissent sur grand écran, après le lever du drapeau. D'autres images succèdent, toujours aussi sensuelles, des corps se caressent, s'appréhendent, se frôlent... Découvrir le spectacle ainsi, par petits morceaux, comme un puzzle, reste troublant et magique pour moi.

À 17H30, mon entrevue avec Joël s'avère assez positive, il a apprécié les quelques pages que je lui avais fait parvenir.
Sur *Dégage*, toutes les lumières s'allument, agressant la salle vide, sans vie. Johnny chante *L'hymne à l'amour*, l'émotion est toujours aussi intense. Chris prend des notes en permanence, il m'explique comment “tourne le son”. Le “filage” du concert a lieu devant un public de 20 personnes!
Chris me demande de l'accompagner dans la “fosse”. Nous sommes seuls, devant Johnny et le groupe qui démarrent le premier morceau...
C'est géant.
Chris m'explique le “son”. J'écoute. Je suis fière d'être son amie. Les lumières se dirigent vers la fosse, je me sens un peu perdue, mais Chris est là. Tout le monde s'est approché de la scène, pour assister au “filage” du concert. Pour les 20 personnes qui sont là, c'est un beau cadeau... Nous assistons à l'ensemble du concert... Mais personne n'applaudit, cela reste très étrange. Après quelques titres, je suis retournée dans la salle. Sur *Le feu*, Ian fait un solo batterie. Chris applaudit à la fin du morceau... Ian dit alors un *thank you* humoristique comme si les rares applaudissements lui parvenant de la salle ne s'adressaient qu'à lui seul...
Johnny ne semble pas satisfait, il a l'air mal à l'aise. Son public lui manque terriblement. Il met une veste couleur crème et avertit : “Je change de veste pour les tests lumière”. Les lumières sont magnifiques...

Joël me demande de lui téléphoner lundi pour toutes les instructions concernant les photos, les laissez-passer... Moi, je suis comme Saint-Thomas, je ne crois que ce que je vois. Je sens déjà que je vais préparer ma semaine consciencieusement, mais ce week-end sera nourri d'angoisses... Jusqu'à l'obtention de nos passes, et l'autorisation ferme de faire nos photos.

c a p t a i n

Dégage
Les lumières s'affolent…
Apothéose !

L'envie.
Écran de fin.
Folie dans la salle.
On en veut encore.

Johnny brille de mille feux.
Sur *Hot Legs*, des lasers
balaient un décor futuriste
de vaisseau spatial.

Johnny

Bercy est un vaisseau spatial... Johnny son capitaine...

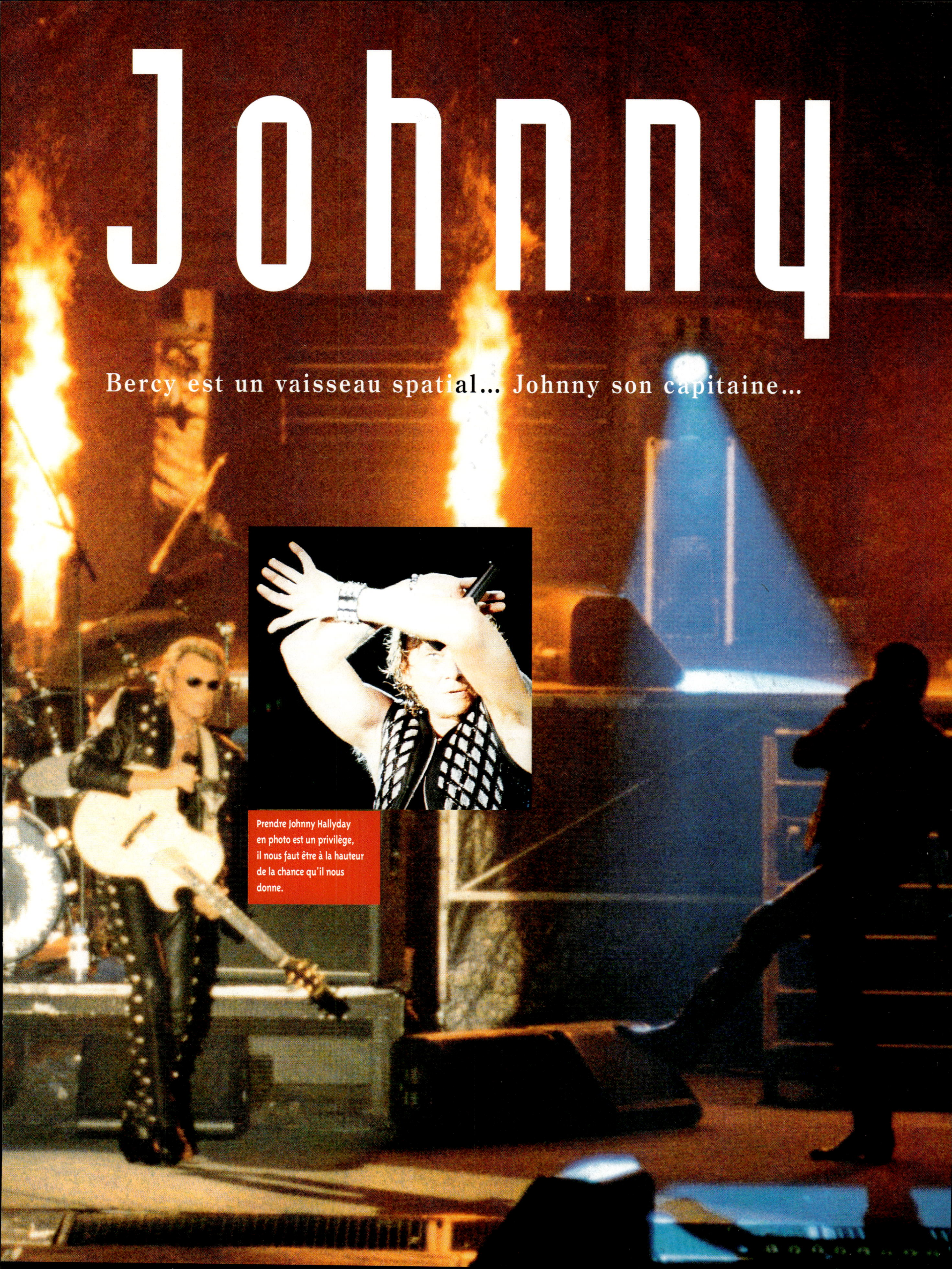

Prendre Johnny Hallyday en photo est un privilège, il nous faut être à la hauteur de la chance qu'il nous donne.

Comme une étoile qui brille dans la nuit...

Premier concert

Nous avons maintenant un passe permanent. Guy, qui travaille à la production, me les a remis, avec le sourire... Ouf! Joël me donne les recommandations d'usage : aucune photo ne pourra être prise dans les loges. Tony Franck, photographe de Johnny depuis vingt ans, est seul habilité à faire ces photos. Si nous commettons une erreur, on arrête tout. Avant le concert, nous voulons passer à la Fnac Bastille pour tester la pile de l'appareil....
Nous sortons de Bercy où jour après jour le nombre de personnes qui attendent à la sortie des artistes, Hall 38, grandit. Les musiciens retournent à l'hôtel, on fait une photo le long du mur, près du minibus. Le nombre de voitures garées dans la rue a diminué, lui ! La mienne a été enlevée et emmenée à la fourrière. L'aventure continue.

Lundi 11 Septembre

Premiers contacts avec le public de Johnny. Un fan s'approche pour me dire que je suis mignonne...
Il me laisse ses coordonnées, son prénom est Johnny. La sympathie des fans, l'ambiance bon enfant nous surprennent...
Lovées entre le public de la "fosse", je préfère le terme "arène", et la scène qui la contourne, nous sommes des observatrices privilégiées. Les fans viennent à nous, nous parlent, nous charment par leur gentillesse. Johnny est heureux. Son public est au rendez-vous. Le bonheur se lit sur son visage. Il n'a jamais été aussi beau, radieux...
Lorsque Johnny termine *Tennessee*, le public le précède, il sourit... de ce sourire tendre.

De retour à Bercy,

il nous faudra trouver une âme charitable pour nous raccompagner après le concert. En traversant la salle, Sonia se tord la cheville. Direction la "Croix Blanche", via l'infirmerie de Bercy. On est à bout...
Je croise Luc Vindras. Robin m'avait parlé de lui, m'expliquant qu'un ange, rasé des deux côtés de la tête et chevelu sur le dessus, s'occupait de ses guitares... Je lui explique nos soucis, il sourit, nous encourage.
Colin James fait la première partie. Un spectateur entonne une chanson de Johnny, suivi par d'autres. Concert improvisé dans la salle.
Puis Sonia, courageuse et estropiée, me suit dans la fosse où nous prendrons les photos. Aux premières notes de musique, elle oublie sa cheville, dans la magie de ce premier concert de Johnny.
Sur *Diego*, Johnny est au-dessus de nos têtes, il s'arrête... regarde... reste suffisamment longtemps... Sonia observe...
Sous le regard inquiet d'un "mec de la sécu", j'écris.

MARDI 12 SEPTEMBRE

Le passage qui va suivre est bien réaliste et matérialiste, mais ce regard de filles est cerné, les yeux sont rougis par une nuit trop courte. Nos mésaventures peuvent faire sourire, moi cela me soulage de les raconter. On a ouvert le premier œil sur une matinée de "merde"! Premièrement, nous ne savons pas si nous tiendrons dix-neuf jours financièrement (achat des pellicules, développement, essence...), physiquement (la cheville de Sonia) et psychologiquement...

Ensuite, mon AX est en fourrière. Je téléphone à un ami photographe, Claude Denis, qui m'accompagne chez Sonia à Maisons-Alfort. Sonia en profite pour demander des conseils à Claude : doit-on faire du noir et blanc ? Des diapositives, du tirage papier ? Du 1600 ASA ? Prendre Johnny Hallyday en photo est un privilège, mais nous ne sommes pas des "pros"... On voudrait qu'il soit fier des photos. Hier, alors qu'il s'arrêtait à un mètre de nous, il a remarqué la panique de Sonia qui était en train de changer de pellicule !!! Les autres photographes avaient trois appareils autour du cou... Sonia écoute Claude, prend des notes, interroge...

Sonia, premiers contacts avec le Rock'n Roll... Elle qui est passionnée de chanson française... de ballades... Elle qui aime la paix, le calme...

La voilà devant Johnny, face à l'artiste qui représente le Rock'n Roll en France...

Hier, je souriais toute seule, en l'observant... C'est bien d'avoir son regard, un regard pour le moment étonné par toutes ces lumières, tout ce mouvement...

Un public masculin pour l'essentiel !

Les filles qui attendent à l'entrée des artistes sont accompagnées, mariées, fiancées... Nous sommes surprises par un public que nous pensions plus féminin...

Le P.O.P.B. est fleuri de rockers joyeux lurons, blagueurs, vraiment sympas. Ils ont donné rendez-vous au soleil... qui sera remplacé, dans quelques heures, par les lumières de Jacques Rouveyrollis.

Johnny arrive

Au passage de sa voiture, le public qui attendait sagement s'envole vers l'entrée du P.O.P.B. (Palais Omnisport de Paris Bercy)... Les loges de Johnny fourmillent de personnalités... Le gardien des lieux a un air grave...
Ian, le batteur, se balade en sortie de bain. Shane a un look cheveux "gominés"... bottes noires...
Chris Kimsey sourit, toujours.
Nous nous installons dans la "fosse", où des fans présents hier viennent nous dire bonsoir...

Puis un écran publicitaire géant descend. Une chorale de six garçons entonne : "Ce gars-là, il est terrible".
Charlebois, Vincent Lindon, Jack Lang, Félix Gray, Ophélie Winter, Gérard Darmon, Laurent Boyer, Daniel Bilalian... arrivent et s'installent derrière nous.

Blotties entre le public et Johnny Hallyday, on se sent bien, en sécurité. Tant de choses se dégagent. Les sens réagissent, la main s'engourdit.
Robin porte un long manteau gris, il s'est enfin décidé. Quelques minutes avant de démarrer, il changeait nerveusement de tenue...
Sur *Quand je la croise*, Johnny ôte violemment sa veste. Il est heureux d'être là.
Du Rock'n Roll plein les oreilles, Sonia prend quelques photos, perchée sur les barrières.

Sur *Fool for the blues*, Johnny reste quelques instants devant nous, me lance un regard "tueur", tendre... Le public crie derrière moi, il chante devant, j'ai l'impression de déranger... Johnny sourit. Sonia prend une photo.
Ce titre, écrit par Robin, est l'un de mes titres fétiches, il représente beaucoup pour nous. La traduction est "Je suis un fou de blues". La chanson commence ainsi : "Ne me dis pas que tu m'aimes, baby. Je sais que tu mentirais. Je peux le voir dans tes yeux ..."

Lors de la partie acoustique, Johnny demande au public

- Voulez-vous venir chez moi ou à la Lorada ?
Le public hurle : "La Lorada".
Ils n'ont pas tort... c'est plus grand!
Johnny demande un peu plus de lumière, pour mieux voir.
La fosse s'enflamme.
Puis il s'adresse à une fille...
- Comment vous appelez-vous ? Alain ? Une fille ne s'appelle pas Alain ! Ah! Annie... Vous êtes de Paris?
- Saint-Malo.
- Ah... La Bretagne... Vous êtes fiancée?
- Oui.
- Zut ! J'ai pas de bol, ce soir... C'est pas grave, le principal étant d'être le dernier.

Il chante *Tes tendres années.*
Puis, il explique :
- Je vais vous chanter une chanson, je crois que si aujourd'hui je fais du Rock'n Roll, c'est parce que j'ai entendu cette chanson dans un film avec ma première idole : Elvis Presley...
Voilà qu'il démarre *Loving You.*

L'intimité se crée sur cette partie acoustique, une ambiance intimiste vraie, de celle que l'on ne vit que rarement, en tête-à-tête... J'ai l'impression de me glisser entre un homme et une femme, pourtant c'est entre Johnny et la foule de Bercy.

On se sent presque de trop, voyeur, mal à l'aise... C'est une sensation très étrange... très floue.

Regard de la salle. Une salle plutôt sage, dans son ensemble. À l'écoute de l'artiste. Quelques personnes se lèvent timidement. Une enfant somnole dans les bras de sa mère. Une jolie blonde se trémousse érotiquement près de moi. Johnny jette un regard. Mon bloc orange sur les genoux, je note scrupuleusement chaque mouvement du public, de Johnny.

Jean-Claude Camus s'installe devant l'escalier, il discute... pendant que Johnny salue son amie Jacqueline Bisset.

Sur *Requiem pour un fou*, Johnny se balance devant nous, il se déhanche sensuellement, Sonia se marre, pudique.

- Il fait chaud, ce soir. C'est vous qui êtes chauds... dit-il à ceux qu'il aime.

Ce soir *l'Hymne à l'amour* débutera piano-voix, puis le reste du groupe viendra accompagner Johnny. Je préférais l'ancienne version.

Le générique de fin défile sur grand écran,

Sonia le prend en photo... Sommes-nous dans un film, dans la réalité ?

Ce soir, Sonia écrira, je prendrai des photos... Première pensée au réveil, embué, pour le concert de ce soir! Ce matin, sortie pour acheter des "clopes"! Près de chez moi, il y a une petite librairie qui reçoit de temps à autre des auteurs qui dédicacent leurs ouvrages. Cela me laisse rêveuse, j'observe l'auteur de l'extérieur. Je l'envie.

Flash-back

X : "Allo... Salut c'est X, tu iras voir Johnny ?"
Moi : "Sûrement, oui...
Chacun a un commentaire à faire lorsque le nom de Johnny Hallyday est prononcé. On a tous, petits et plus grands, quelque chose à en dire. On approuve ceci, on désapprouve cela. Ce comportement fait de lui : une Étoile, une Star.
En regardant le ciel, on essaie tous de reconnaître une étoile, on connaît tous le nom de l'une d'elles, les esprits s'échauffent, on la montre du doigt...
- C'est celle-là, la grande ourse ?
- Non, ma chérie, c'est celle à droite de...
Dés lors que l'on dit du bien ou du mal d'une personne, elle ne laisse pas indifférente, et garde un potentiel de public, de curieux, de passionnés, qui se bousculent pour en parler.
Johnny est un petit ours...

CHASSÉ-CROISÉ DANS NOS REGARDS SUR JOHNNY HALLYDAY.

Nous inversons les rôles, Sonia et moi. Notre regard sera-t-il identique? Nous le saurons plus tard. À plusieurs reprises nous avons eu les mêmes sentiments, ressenti les mêmes émotions. Entre autres, concernant le public, disons plutôt les admirateurs de Johnny, public tendre, passionné, chaud, nature.

Sa présence fait beaucoup de bien. On se sent chez soi, là où le naturel prime. Que c'est bon !

SANDRINE

Aussi, lundi, un "ami en vue" m'a téléphoné...
Lui : "Johnny est à Bercy, on le voit partout. C'est n'importe quoi!"
Moi :"Tu trouves?"
Lui :"Tu iras?"
Moi :"Oui".
Lui :"Tu as vu les bouquins qui sortent sur lui, il est sur toutes les colonnes Morris, il passe aux Infos. Il lui faudra bien ça pour remplir Bercy durant 19 dates... Ils sont fous. Il se prend pour qui ?"
Moi : "Toi, tu iras?"
Lui : "Je ne pense pas...tu vois..."

Hier soir, il était dans la salle...
Il était aussi au bar près des loges, à la fin du concert.
Je me suis fait toute petite pour éviter de croiser le regard de mister X, qui ne devait pas se rendre à Bercy, ce soir-là.

Mercredi 13 Septembre

Le décor est étrange, représente-t-il un bidonville, un entrepôt abandonné ?
Johnny brille de mille feux, ce soir.
Sur *Lady Lucille*, le public est sage, certains commencent tout de même à bouger entre les sièges.
Johnny parle au public qui lui répond. Cette communication est étonnamment palpable.

▶ Sur *J' la croise tous les matins*, il chante “son monde m'est interdit”, cette phrase m'interpelle. Combien dans cette salle disent cela de toi, Johnny ?
Robin, l'extraterrestre aux chaussures bleues, est un “clopeur” infatigable, comme Lucky Luke avant que n'intervienne la législation interdisant la publicité pour le tabac...

▶ Sur *Hot Legs*, des lasers se baladent dans le décor. Cela donne un côté futuriste.

▶ Sur *Diego*, chacun, chacune essaie d'attirer ton regard, Johnny, l'espace d'un millième de seconde. Combien d'amour sans condition, dans ces cœurs pleins d'espoir ? Les bras se tendent vers toi, les mains, paumes tendues, doigts écartés, désarmés...

▶ Sur *Fool for the blues,* tu chantes : “Empty souls and broken hearts...” Âmes vides et cœurs brisés... “Empty souls, certainly not tonight, but most probably many broken hearts...” “Je pense que ce soir les esprits ne sont pas vides, les cœurs brisés, peut-être...” Es-tu seulement conscient de tout cet amour qui se dégage et fait monter la température ? Je peux presque le palper.

▶ Sur *Ma jolie Sarah*, Johnny balance ses bouteilles d'eau, soir après soir...

▶ Sur *Chercher les anges,* une nouvelle clope entre les lèvres de Robin... Pas besoin d'aller chercher les anges bien loin ce soir, on en a un devant nous, qu'importent les autres. C'est fou comme tu me sembles beau sur cette scène, ce soir, Johnny.

▶ Sur la partie acoustique, Johnny dialogue avec son public, la folie monte.
Le morceau d'harmonica, sur *Tes tendres années* est très beau.

▶ Sur *Loving you,* tu chantes : “You know that I'll always be loving you”...
“Vous savez que je vous aimerai toujours”.
Bien sûr qu'ils le savent, Johnny...

▶ Dans *That's all right mama*, les paroles sont :
“I will love you more and more every day. I will love you more and more in every way”.
“Je t'aimerai de plus en plus chaque jour. Je t'aimerai de plus en plus de toutes façons.” Décidément, l'amour c'est tout ce qui compte. Tu as bien raison, au fond.

▶ Sur *Cours plus vite Charlie,* mes amis Nath et Michel sont hyper calmes...
Shane l'Indien et Christophe, le cow-boy à l'harmonica, sa cartouchière étrange à la taille... On est en plein western... Même moi, qui n'aime pas trop danser, cette musique me donne envie de bouger... Ça râle à côté de la scène, “c'est pas juste, t'es toujours du même côté, on aimerait bien que tu viennes vers nous!”

SONIA

"Joue pas de Rock'n Roll pour moi
Nous n'avons plus rien à nous dire
Je suis plus dur que tu ne croies."

Non. Tu n'es pas dur à mes yeux, ce soir, tu es un rockeur au cœur tendre qui cache cette tendresse sous des dehors de grand dur... On t'a démasqué, Johnny! Merci, pour tout...

Toute la musique que j'aime

Bon! Nous, à gauche de la scène, on ne te voit bien que sur l'écran, y'a maldonne, là!

Oh ma jolie Sarah

En couple, en famille... Je n'ai jamais vu un public aussi uni.

Quelque chose de Tennessee

Le décor, une carcasse de vaisseau spatial échouée sur la planète du rock.

"Comme une étoile qui s'éteint dans la nuit, à l'heure où d'autres..." Mais toi, tu brilles... tu es éclatant, renversant... J'en connais qui, s'ils me voyaient avec les yeux humides en ce moment, ne comprendraient vraiment pas. Moi non plus, je n'y comprends rien, quelque chose me bouleverse ce soir...

La présentation de Ton groupe... Robin exhorte la multitude à saluer bruyamment chacun des musiciens. Il a l'air de plus en plus halluciné.

Quand le masque tombe

"Rien qu'un homme de peur et de froid"...
Peut-être lorsque tu n'es pas sur scène...
C'est vrai. Rien qu'un homme, je crois.
"Si j'ai appris à faire semblant"...
En dehors de la scène, peut-être ; ici, sûrement pas, tu es dans ton élément.

Le vaisseau spatial s'éclaire comme pour envoyer un signal dans l'immensité.
Are chances gone. Ce titre met en scène une rencontre du troisième type entre Robin, le clopeur halluciné, extraterrestre, et Johnny Hallyday.

L'envie

Écran de fin. Folie dans la salle. On en veut encore. Lumières bleues, le vaisseau spatial va-t-il décoller et partir loin de nous ?

Requiem pour un fou

Es-tu pilote de ce vaisseau, toi qui montes vers le sommet ? Après ce dernier message d'amour, tu disparaîtras dans les entrailles de ce vaisseau...?

Dégage

Les lumières s'affolent. C'est l'apothéose. Les Aliens ont soif...

Ne m'oublie pas

Comment peux-tu imaginer un quart de seconde qu'ils puissent t'oublier ? "C'est un moment si intense", chante Johnny, comme ce soir, comme tous les autres soirs. C'est du concentré de bonheur pour tenir les jours monotones. On prend notre dose, elle se distillera peut-être, peu à peu...
C'est un souvenir qui vaut tout l'or du monde pour cette population réunie sur le vaisseau Bercy. Au pays de nos rêves, nous y sommes, c'est un rêve éveillé. Mais non, on ne t'oublie pas, Johnny. Le peuple de ce vaisseau attend le retour du capitaine, il y a tant de cris qu'ils doivent s'entendre de l'espace.

L'hymne à l'amour

Retour pour une ultime chanson d'amour, pour ton public. Merci. On peut bien rire de toi, qu'importe. L'émotion dérange ceux qui ne ressentent rien d'autre que du mépris.

toute la

**Johnny a fait ses premiers pas dans Son Bercy 1995,
avec *All The Band*,
traduisez :"tous les musiciens", avec "Son groupe"...**

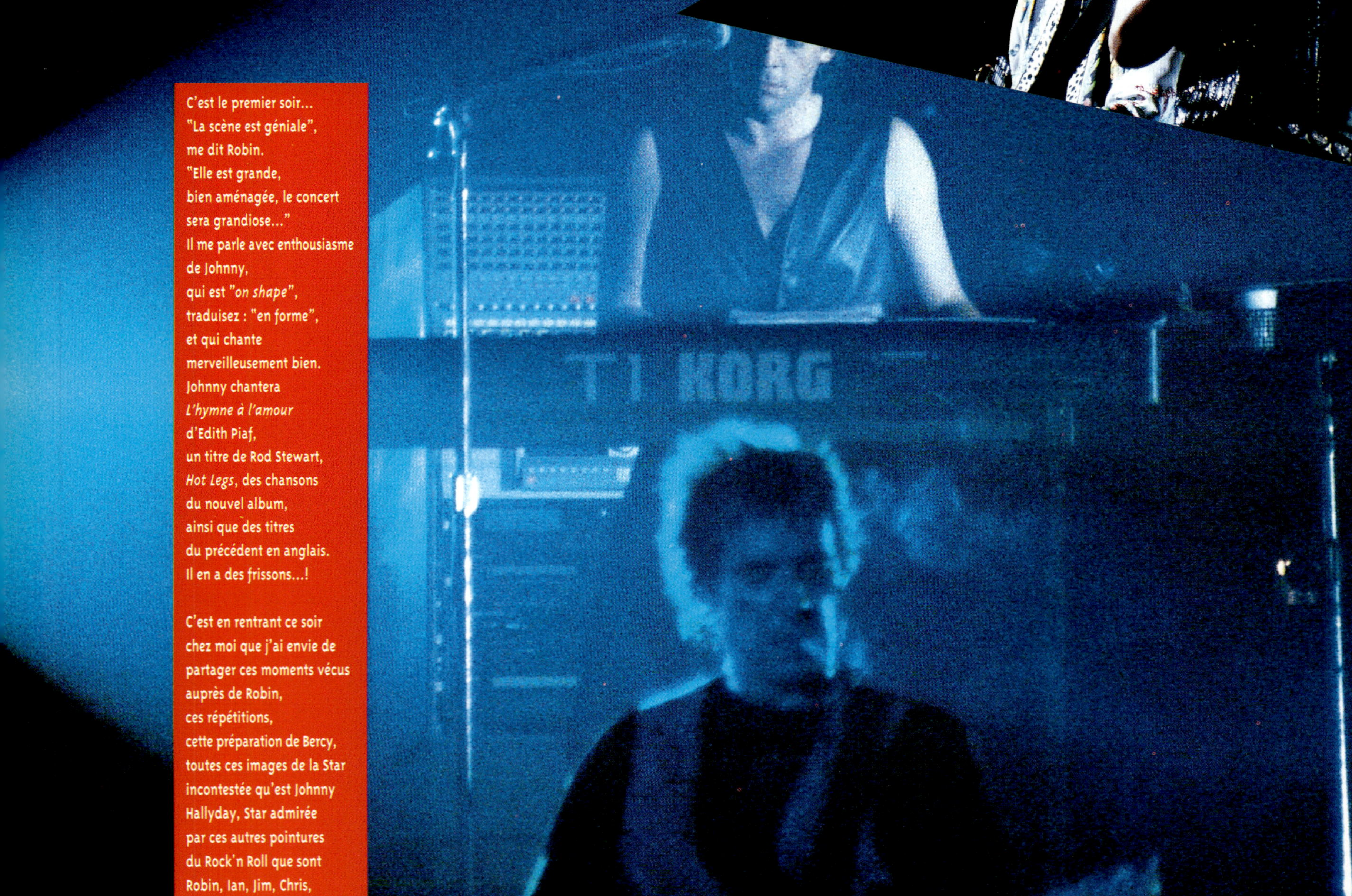

C'est le premier soir...
"La scène est géniale",
me dit Robin.
"Elle est grande,
bien aménagée, le concert
sera grandiose..."
Il me parle avec enthousiasme
de Johnny,
qui est "*on shape*",
traduisez : "en forme",
et qui chante
merveilleusement bien.
Johnny chantera
L'hymne à l'amour
d'Edith Piaf,
un titre de Rod Stewart,
Hot Legs, des chansons
du nouvel album,
ainsi que des titres
du précédent en anglais.
Il en a des frissons...!

C'est en rentrant ce soir
chez moi que j'ai envie de
partager ces moments vécus
auprès de Robin,
ces répétitions,
cette préparation de Bercy,
toutes ces images de la Star
incontestée qu'est Johnny
Hallyday, Star admirée
par ces autres pointures
du Rock'n Roll que sont
Robin, Ian, Jim, Chris,
Phil et les autres.

musique

Robin

I HAVE NEVER PLAYED SO MANY SHOWS IN SUCH A SHORT SPACE OF TIME!

Bonsoir tout le monde. Un large nuage de fumée se dessine autour de Robin. Ce ne sont pas les effets speciaux... Il fume cigarette sur cigarette.

- Qui est ce Robin Le Mesurier ?
- Le mec à la guitare qui fume tout le temps.
- Il a toujours des chemises de couleur, des baskets rouges ou jaunes sans lacets.
-Ah oui. Il est super, lui!

Sur *Hot Legs*, on se rend compte de la complicité entre Robin et Johnny. Robin est tellement expressif et grimacier que Johnny ne peut s'empêcher de rire...

Fool for the blues étant un titre de Robin, Johnny me lance un coup d'œil amusé et tendre sur cette chanson. L'amitié masculine est belle... Le bonheur qu'ils éprouvent à se rapprocher, à échanger des regards. Sur *Oh Sarah*, Robin à son tour passant au-dessus de nos têtes nous dit bonsoir. Erick Bamy observe, il se marre.

Cette communication scène-salle nous surprend toujours. On a l'impression que nous seules pouvons les épier, les admirer, les "croquer"...

REGARD DE FILLES se laisserait-il prendre au jeu ? Qui fait attention à l'autre ? Qui espionne l'autre ? Nous ? Eux ?

Sonia m'annonce qu'elle a un nouveau surnom pour Robin. Après Lucky Luke, elle a trouvé : Woodie Wood Pecker... Je sens que ça va lui plaire !

Vendredi, c'est l'anniversaire de Ian Wallace... Le mien aussi, mais ça je le garde pour moi! Nadine, Patrick et Jean-Pierre décident de faire une banderole. Mireille, elle, fera des pains en forme de cœur...

Nadine se souvient que lors de l'un des concerts en Belgique, Robin avait insisté pour qu'une personne virée par la sécurité, pour un motif X... soit réadmise dans la salle pour assister au concert... Le public avait repéré le manège... Robin était devenu pour Nadine, depuis ce jour, un ange... Ce qui est la réalité! Elle a décidé de lui offrir des bières belges, vendredi...

Robin a accompagné et accompagne encore Rod Stewart.

- Quelle est la différence pour toi entre Rod Stewart et Johnny?
- La musique n'est pas vraiment différente. J'adore l'interprétation d'*Hot Legs* par Johnny. Ils ont le même âge, ont tous les deux du succès avec les femmes.
- Que penses-tu de ton travail auprès de Johnny et du groupe?
- Je suis "chef d'orchestre" du groupe, mon rôle est facilité, ce sont de bons musiciens...
- Et Johnny?
- Il est en super forme. Il déménage. Il est Rock'n Roll.
- Tu prépares un album avec Bernie Taupin, parolier d'Elton John ?
- Oui. Nous travaillons beaucoup à L.A. pour cet album.

- Et Picture Palace?
- Ton père adore cet album. Il doit être l'une des rares personnes a l'avoir en sa possession. Je le garde égoïstement. Il n'est pas commercialisé. J'y raconte, à travers mes notes de guitare, ma vie, les moments difficiles. Tu sais aussi que j'adore travailler avec Johnny. En mars on repart.

ITS A VERY GOOD THING THAT I LOVE EVERYONE I AM WITH...

Ian

IT'S ALMOST 4 MONTHS SINCE I LEFT MY HOME IN SANTA FE, AND I'M MORE THAN READY TO GO BACK, FOR A WHILE AT LEAST. ALTHOUGH I KNOW THAT IN A WEEK OR TWO I'LL BE MISSING THE ROAD AND MY MATES AND I'LL WANT TO COME BACK AND PLAY SOME MORE SHOWS. ALTHOUGH I KNOW THAT IN A WEEK OR TWO I'LL BE MISSING MY HOME IN SANTA FE AND I'LL WANT TO GO BACK. ALTHOUGH I KNOW THAT IN A WEEK OR TWO I'LL BE MIS

GOOD BYE

Ian

Ian, surnommé “Mister Expressive” car grimacier... ou “Mister grumpy”, Monsieur grincheux, par Benjamine, la costumière des musiciens sur Bercy.

- Ian, comment se passe ton travail avec Johnny ?

Phil intervient.

Ian : - C’est mon tour...

Bataille rangée entre nos deux acolytes.

Ian : - Dis-lui de se taire... Bref, pour répondre à ta question, tu le sais bien... Tu es là.

- Tu as joué avec Bob Dylan?
- Oui. En 1978, 1981 et 82...
- Tu connais Chris Kimsey depuis combien de temps ?
- Depuis 1972.
- Selon toi y a-t-il des points communs entre Johnny et Dylan ?
- Oui, un seul, le batteur.
- Peut-on être sur la route et avoir une famille ?

Silence.

- Je ne sais pas. C’est très difficile. J’ai été marié trois fois.

Tristesse.

- J’espère que tu te marieras une quatrième fois et que ce sera la dernière.
- Je ne pense pas.
- Je vous aime, Mister Wallace.
- Moi aussi, je t’aime.

Jim

Jim joue de l'orgue... Surnommé mister "tomatoe-rhubarbe", pour ses coups de soleil et la rhubarbe qui pousse partout, paraît-il en Écosse...

Fait partie du groupe *Diken blue*.

Il a écrit, lui-aussi, tous les jours, les aventures vécues par lui et le groupe à Bercy et en tournée, pour la BBC Glasgow...

Si vous ne comprenez pas ses longues histoires de vies qu'il aime raconter en brodant... à l'Écossaise... Il les mime...

Ne se prend jamais au serieux.

Sauf lorsqu'il parle de sa future union avec Irene...

L'ensemble des musiciens lui ayant à ce sujet fait part de leurs expériences, toujours avec humour... Jim s'inquiète...

Beaucoup de bonheur à Irene et lui...

Despite Celtic losing miserably to Paris St Germain I will continue to talk to the authors of this book, but only through my lawyers

Jim XXX

TIM

TOURING IS FULL OF HIGHS AND LOWS.
SOME NIGHTS YOU CAN'T GO WRONG. AN EASY BUS TRIP, A GREAT HOTEL, EXCITING CATERING AND A STORMING GIG WITH EVERYONE, INCLUDING THE AUDIENCE, GIVING 110%. JOHNNY LEAPS AND GROWLS HIS WAY THROUGH THE SET, THE BAND ARE ROCKING AND THE CROWD GO NUTS.

ON OTHER OCCASIONS, IT'S SEVEN HOURS ON THE BUS, THE HOTEL FROM HELL, CATERING OF SORTS (SOUP) AND A GIG THAT REALLY WOULD HAVE BEEN BETTER IF EVERYONE JUST PACKED UP AND WENT TO THE MOVIES!

BUT THERE'S ... NEVER KNOW WHAT YOU'RE ... THIS BOOK!

TIM MOORE
THE SANATORI... ...EX, ENGLAND
DECEMBE...

Tim, *AS* du synthé, a joué avec "East 17".

De bonnes nouvelles de ses deux beaux enfants, un Macintosh, un casque, un synthétiseur sont les ingrédients nécessaires pour faire de Tim un homme heureux... Discret, réservé, toujours souriant, il aime particulièrement, pendant les concerts, se munir d'un appareil jetable et jouer au photographe sur scène.

Phil

- Tu connais Johnny depuis combien de temps ?
- Depuis deux ans. Et depuis plus longtemps, car ma mère est fan de Johnny.
- Qui t'as présenté Johnny ?
- Il y a beaucoup de hasards... Je connaissais Robin et Chris. À L.A. j'ai joué en studio sur deux titres écrits par Robin et Paul Rafferty. Johnny a écouté... Puis Chris m'a demandé si je voulais jouer sur l'album *Rough Town*. J'ai tout de suite dit Oui. Après on est devenus amis. On a passé du temps ensemble quand on ne travaillait pas. On aime tous les deux les mêmes choses : les motos, parler, le Rock'n Roll, les amis, boire, faire les cons, sortir, se taper dans le dos... On s'éclate. Il me met à l'aise. Il est un peu comme... mon frère. Si tu apprends à connaître mes amis à L.A., tu verras, ils sont comme lui. Je l'adore. Même s'il n'était pas Johnny Hallyday, ce serait pareil.
- Pourquoi portes-tu des têtes de mort ?
- Parce que sous la peau on est tous pareils. C'est quelque chose d'universel. Ça représente... euh...
- La fin ?
- Oui. La fin. Le début. Le tout.

C'est quelque chose que je trouve pur. Ça pourrait être pire.

Phil vit aux États-Unis, est Anglais, ses parents sont Français et travaillent en Angleterre...

Il a joué avec Ozzy Osbourne...

Anecdote :

Nous allions prendre l'avion pour Cannes. Rendez-vous dans le hall de l'hôtel à Paris. Les musiciens attendent, sereins... Phil débarque un pack de bières à la main...

Robin : Qu'est ce que tu vas faire avec ça ?

Phil : Les boire !

Stupéfaits, hallucinés, le regard fatigué des petits matins, les autres musiciens observent Phil.

Ian : Tu ne t'assieras pas près de moi...

Dans l'avion, les bières déposées dans la soute à bagages ont explosé...

WHEN WE ARRIVED IN THE SUMMER, WE WENT STRAIGHT TO ST TROPEZ. STAYING AT "LORADA" WE SPENT OUR TIME IN BOATS, WATER, SAND, HELICOPTERS + JET SKIS. "WHAT A DODDLE" WE THOUGHT

WRONG !!

WHEN WE STARTED LORADA TOUR WE SPENT OUR TIME RUNNING AROUND HOTEL CORRIDORS, RIDING TOUR BUSES, CRAMMED IN TAXIS AND LOOKING FOR MOROCCAN RESTAURANTS IN THE RAIN.

- THE ONLY THING MISSING FROM THE TOUR WAS SOME SUN + WARMTH.
- THE ONLY THING MISSING FROM OUR HOLIDAY AT "LORADA" WERE ALL THE FANTASTIC PEOPLE + FANS THAT WE MET ON THE TOUR!

THE ENTOURAGE ARE MY FRIENDS, THE BAND IS MY FAMILY, JOHNNY IS MY BIG BROTHER AND ALL THE FANS ARE THE BEST IN THE WORLD

THANK YOU !

Shane

Lundi soir, Robin m'a demandé comment je trouvais Shane, le nouveau guitariste qui a rejoint le groupe. Je me suis empressée de lui dire qu'il était très beau. Sonia a craqué, elle aussi. Je pense que nous ne serons pas les seules à le remarquer! Il dégage un sentiment de paix et de quiétude étonnant. Il est bouddhiste... Il aime le calme. Il a choisi le bon métier!

Avant d'accompagner Johnny, Shane jouait auprès de Bruce Springsteen. Durant ces trois mois, il a appris le français et a officié en qualité de copilote aux côtés du chauffeur de bus de la tournée.

Sur *Dégage,* Robin et Shane nous font un show, ils sourient... Ce soir Shane a tout d'un Indien, vêtu de sa veste frangée.

Allons-y et on y va; en attendant l'année prochaine, quand nous reviendrons dans cette si belle France.
I could not have said that when I arrived in Paris in August! (Now, with help from my friends)
This whole experience has been an education.
Many people and many places.
I will be "heureux" to do it again in '96.
A little less 'it' than in '95 though, peut-être.
WHAT A ZANY PARTY!!!

Shane

Christophe

Christophe Dupeu, harmoniciste, seul Français de la “band”... est le plus jeune aussi... Un soir, Johnny lui aurait appris ce qu’est le Rock’n Roll... Clin d’œil!

- Que regretterais-tu de n’avoir pas fait sur cette terre?
- Être allé aux États-Unis et jouer dans un vieux bar glauque avec de vieux bluesmen... Rencontrer les gens à l'origine de cette musique. Les bluesmen américains s’éteignent, notamment les harmonicistes...
- Quelle est la star qui t’a fait rêver?
- Jean-Jacques Milteau. Il jouait au festival folk à Ris-Orangis avec un groupe de Bluegrass... C’était magique. C’est là que je me suis dit : “Vraiment c’est ce que je veux faire.”
- As-tu peur de vieillir?
- Je n’ai pas peur mais ça arrive vite. Après vingt-cinq ans, on commence à y penser. J’ai tout à faire avant la vieillesse... enfin vieillesse, j’sais pas comment dire... J'y pense souvent... en fait je me sens vieillir.
- Penses-tu que Johnny a peur de la mort?
- J’sais pas. Il ne se laisse pas aller. On a moins peur de vieillir auprès de lui.
- Qu’est ce qui t’émeut?
- Il y a longtemps que je n’ai pas été ému. Quand j’étais enfant et que j’allais voir des concerts... Oui. Parfois, pendant la partie acoustique, je prends du recul. Je suis ému. Avec Johnny souvent je retrouve cette sensation. À Bercy, à chaque fin de concert, j’allais dans la salle écouter *L’hymne à l’amour.* J'en avais des frissons... À chaque concert il se passe des choses différentes. Johnny a vraiment une attitude Rock’n Roll, on est très libre auprès de lui.

Après tant de concerts, le moment est venu de prendre du recul... Risquer un oeil sur soi?
A bien y regarder, les regards rencontrés partent parfois plus longtemps que l'on aurait pensé.
"Regard de filles"... Puisque "personne n'est rien, sans le regard des autres"...

Christophe Dupeu.

Erick

Erick, c'est un sourire...
Du talent, de l'humour, des conseils pour les photos, pour la réalisation du livre. Un jour, Erick quitte la scène pendant le concert... Au bar, en *backstage*, on lui demande :
- Erick, tu prends quelque chose?
- Oui. Volontiers. La direction de Mercury, s'il vous plaît!
- Tu sais, chez Mercury, ils n'ont pas que des avantages...
- Tu crois, toi ?
Là, Jean-Yves Billet, mémoire vivante de Johnny, qui travaille chez Mercury se marre, il imagine ce que je vais raconter...
L'un des premiers jours de répétition, il m'a encouragée pour REGARD DE FILLES, on a parlé Rock'n roll. Tout sourire, je lui ai raconté que j'avais assisté au concert des Stones à l'Olympia, ainsi qu'à l'enregistrement du show, auprès de Chris Kimsey... Je lui ai dit aussi que l'ambiance à l'extérieur de la salle était étonnante, vivante, certaines personnes auraient acheté une place très chère, s'ils l'avaient trouvée. Jean-Yves faisait partie de ces gens-là
Il a alors ajouté :
- Moi, j'étais à Longchamp, tu sais... le jour où il a plu...
En racontant l'histoire ce soir, Erick est mort de rire... Jean-Yves aussi.

En tournée, le sourire d'Erick fut, quoiqu'il arrive, une petite bulle de réconfort dans laquelle on aimait tous se retrouver!

Erick : "Ça fait quelques années que j'essaie de monter un spectacle, mais il y a toujours une espèce de grand blond, vêtu d'un blouson noir qui se plante devant moi!"

Rock'n roll, non ?

C'est une histoire
Un belle histoire
Quelle histoire
Notre histoire d'Amour

ERICK BAMY

Steve, Mick, Nono,

Mes parents s'inquiètent depuis quelques années, le dictionnaire du Rock'n Roll a remplacé mon recueil de droit civil, c'est comme ça ! Il est vrai que la rencontre de Chris et de Robin n'a rien arrangé à l'affaire. Robin, qui a travaillé avec Eric Clapton, Rod Stewart et Bernie Taupin (parolier d'Elton John), m'apprend beaucoup... Chris également.

Quelle n'a pas été ma surprise en décembre 1994, lorsqu'à Londres, ces monstres du Rock'n Roll m'ont fait découvrir Érik Satie, un Français en avance sur son temps. Les débuts du Rock'n Roll. Ils étaient surpris que je reconnaisse, à l'écoute, de grands guitaristes et désolés pour moi que je ne connaisse pas Érik Satie!

Au moment de l'intervention de Steve, guitariste du groupe Toto, c'est l'éclate totale, j'adore ce groupe, ce guitariste est génial. C'est un grand moment musical... Je suis en apnée!!!

Après le choc "rock'n rollesque" provoqué par Steve Lukater, Patrick Carpentier, photographe de Johnny, œuvrant en compagnie de Marc Castagnet, me propose d'aller faire un saut au bar...

Patrice Gaulupeau, qui filme Johnny, nous rejoint.

De retour comme nous de la planète Bercy, alors que le capitaine interprète *Quelque chose de Tennessee*, Patrice est encore sous le choc de l'intervention de Steve, qu'il a filmée.

Gildas Arzel, qui fait la première partie du concert, a écrit *Ne m'oublie pas*. Il intervient ce soir sur *Oh Caroll* et finit aux pieds de Johnny dans une chute mémorable.

Sur *Oh Caroll*, l'intervention de ce soir sur scène sera faite par Steve Lukater, guitariste du groupe Toto.

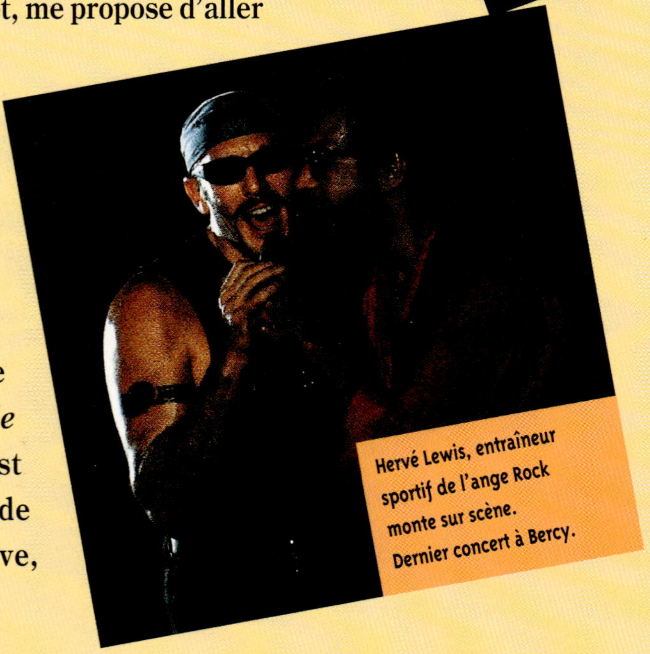
Hervé Lewis, entraîneur sportif de l'ange Rock monte sur scène. Dernier concert à Bercy.

Michel Mallaury. Il a écrit *Toute la musique que j'aime*. À l'harmonica ce soir auprès de Johnny.

Paul, et les autres

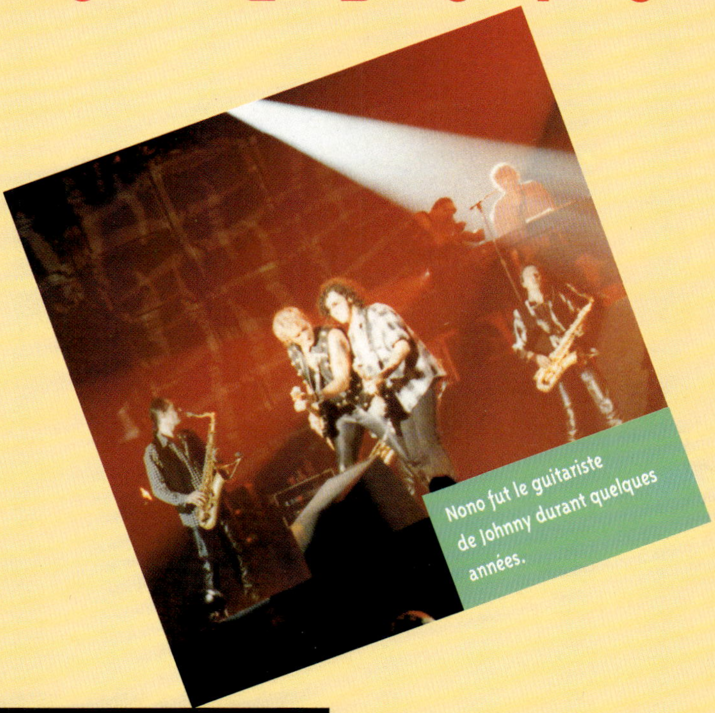

Nono fut le guitariste de Johnny durant quelques années.

- J'ai fait des images super, je vous offre un verre.

Ses yeux brillent comme des billes de verre, il a un sourire satisfait, comblé, passionné... On regarde les images sur son caméscope. Elles sont magnifiques, le caméscope est "top". Bref, je m'éclate intérieurement comme une gamine... Je ne suis pas la seule.

Ayant observé chaque geste de Steve, je jubile en commentant le suivant...

La montée sur le manche...

Au bar, Jean-Claude Camus est *very happy of the show*, confie-t-il à Robin. Nous allons dans la loge en compagnie de Robin. Steve Lukater est assis là. Il me dit :

- Je vous ai déjà vue quelque part.

Je réponds :

- Moi, c'est sûr, je vous ai déjà vu. Vous, j'en doute... Vous êtes un guitariste fabuleux...

Il ne comprend pas mon anglais. Jim Prime traduira à sa façon : "Elle te dit d'aller te faire cuire un œuf"...

Jim ne rate pas une blague stupide. On se marre tous comme des idiots...

Johnny fait un saut dans la loge. Sonia dévore, affamée, une pêche... Johnny me regarde, surpris...

Sonia reste Sonia. Elle est organisée, même en mangeant. Je mange. Je parle. Chaque chose en son temps.

Chaque chose à sa place.

Oh Caroll, ce soir, se joue en compagnie de Mick Jones. Mick fait partie du groupe Foreigner.

Paul Personne. Surprenant agréablement Johnny par sa présence sur scène ce soir. C'est vraiment quelqu'un!

Joli bouquet de saxos français... pour fleurir musicalement le show.

Michel Gaucher
Serge Roux
Pierre Mimran

Serge Roux : "Jouer avec Johnny est pour moi une aventure passionnante... musicale bien entendu, mais aussi et surtout humaine où rien n'est moins sûr que les lendemains."

Pierre Mimran : "Je garde un très bon souvenir de Bercy, ce fut un plaisir de jouer pendant trois semaines devant une salle comble de 10 000 personnes."

Prise de son

Jean-Pierre Janiaud.

- Abordes-tu les choses différemment quand tu travailles avec des Anglo-Saxons ?
- Il faut apprendre à se connaître, se comprendre et se faire confiance.
- La langue ?
- Je me débrouille en anglais courant. Quant à l'anglais technique, je le connais bien. Je n'ai aucun problème pour dialoguer avec eux.
- Chris a enregistré le concert ?
- Oui. Une partie de ce que j'ai créé à la base lui a servi à enregistrer. Chaque source est divisée en trois parties. Une va vers la salle, l'autre vers la scène, la troisième vers le camion où Chris enregistre...
- Les musiciens te font confiance ?
- Je suis moi-même musicien. Je connais les morceaux pour avoir enregistré plusieurs albums en studio avec Johnny, dont celui fait avec Michel Berger... On a décortiqué les disques pour travailler les finesses.
- Tu joues de quel instrument ?
- Clavier, synthés, je fais des chœurs, je chante.
- Tu n'as jamais fait ton propre album ?
- Non, parce que l'on ne peut pas être des deux côtés de la barrière. J'ai choisi le côté réalisation.
- Bercy est une bonne salle pour le son ?
- Oui, quand on y met ce qu'il faut. C'est celle que je préfère. Il faut penser l'affaire. Quand on a le temps de tout monter, c'est bien. Disposer d'un nombre d'enceintes suffisant, bien réparties . Cette fois, on les a disposées en hauteur pour dégager la vue du public. On a fabriqué un système d'amarrage que l'on fixe sur les enceintes pour pouvoir les coucher en l'air. On a pas mal gambergé et maintenant beaucoup de gens, comme Elton John, utilisent ce système. On était des précurseurs... Chaque enceinte pèse deux cent cinquante kilos. Pour les disposer, il faut respecter la vitesse du son. Ça se calcule en mètres. Il faut "délayer" avec du retard... Car à Bercy, il y a beaucoup de "delay". Le plus important reste ce qui se passe musicalement sur scène, car nous, on ne fait qu'amplifier.

On demande les "backliners"...

Nous ne sommes pas des garçons d'orchestre, s'il vous plaît, appelez-nous les *backliners.*

Noms

VINDRAS LUC
TOTO LESAGE
TEULET PASCAL

Professions

Backliner, en français : "garçons d'orchestre". À éviter, si vous voulez rester en bons termes avec ces mercenaires... Ils s'occupent de tous les instruments, de leur entretien, des contrats des musiciens et de l'artiste. Ils chouchoutent l'ensemble.

LES "GRATES" DE ROBIN LE MESURIER

Luc s'occupe des guitares de Johnny et de Robin durant le show... Il est surnommé "l'ange sans cheveux" par Robin. Toutes les guitares de Mister Robin sont à lui, sauf la guitare acoustique. Il joue avec :

2 Stratocaster Fender Modèle Eric Clapton,
1 Télécaster Fender,
1 Stratocaster Fernandez,
1 Télécaster Fernandez. Robin est sous contrat avec Fernandez.
1 Acoustique Washburn Modèle S.B.F. 80 rouge. Contrat obtenu par Luc pour les musiciens.

SHANE FONTAYNE

Toto Lesage s'occupe de lui.
Sont à Shane :
1 Gretsch Modèle Atkins,
1 Fender Strato indienne,
1 Takamine acoustique.

1 Gibson acoustique. Shane est sous contrat avec Gibson.
Sont à Toto :
1 Télécaster Fender Mexique,
1 Strat Fender Reissue 1962.
Toto les lui a prêtées sans contrepartie : "Shane aurait été limité. S'il cassait une corde, c'était chiant pour lui. Ça lui permet d'avoir des accordages en *Open*. Exemple : un morceau où il veut jouer en Ré. Sa corde à vide sera dans la tonalité du morceau. Cela lui évite de réaccorder sans arrêt sa guitare."

PHIL SOUSSAN

Pascal Teulet s'occupe de Phil et de Ian.
2 Basses Spector 4 cordes,
2 Basses Fernandez 5 cordes.
"Une plus grosse corde qui sonne plus grave fait la différence avec la 4 cordes."
1 Washburn, pour l'*unplugged*, sous contrat.

Ian Wallace, sa batterie
"Je nettoie la batterie tous les jours. On m'a piqué mon eau savonneuse mais j'ai retrouvé le coupable".
Toute la batterie est sous contrat.
Sans oublier et c'est très important, un ventilateur, demandé par Ian.
Pour les cymbales et les baguettes : Zildjian.
Pour les peaux : Evan's.
Il a des peaux blanches. "Elles sont plus fragiles mais, au niveau du son, elles ont plus d'attaque, de sonorité, le son est plus cossu".
Batterie : Yamaha.
Les micros batterie sont Shure car Ian est sous contrat avec eux.

Jim Prime. Orgue
Orgue C3 Hammond. 2 Leslie 147.
L'orgue lui appartient.

Tim Moore. Son Clavier
Clavier Korg T1. Rack d'effets (avec la voix de Jean-Jacques Goldman).
Piano Yamaha C7 en location.
Petite lampe sur le clavier pour qu'il puisse lire les partitions, en location.
"Dimanche, les "Light'eux" nous ont demandé de mettre de la gélatine bleue sur la lampe, pour les effets de lumières".

Saxos et harmonica
Ils sont à eux ! 2 Altos, 1 Baryton.

Johnny Hallyday
2 Washburn sous contrat.
1 J28SEC pour l'*unplugged.*
1 AE36 naturelle pour l'intro du spectacle.
Sont à lui :
1 Télécaster élite Fender.
1 Gretsch.
1 L'ibanez Modèle Hallyday.
1 ampli Peavy classique 50.

Micros Johnny Hallyday : Sennheiser.

BATTEMENTS

... Le rideau s'ouvre
L'enfant a peur
L'animal s'éveille
Vous l'apprivoiserez ...

DE CŒUR...

...Battements de cœur
Battements de peur
Battements de mains
Battements sans fin...

SANDRINE DÉCEMBRE
(Cannes 1994)

J'le croise tous les

Regards de filles prend tout son sens lorsque Johnny demande à une femme du premier rang son prénom, pour lui offrir : *Tes tendres années*. Le visage de cette femme, projeté sur grand écran durant toute la chanson, en dit long d'admiration, d'émotion... provoquée par ce cadeau que lui a fait Johnny. Ce premier soir, est passé bien vite...

Sur *Chercher les anges* , Sonia dit: "Erick nous montre ses fesses". En effet, il se trémousse de dos, dans un pantalon en cuir... Waou ! L'une de nos premières photos représentait Johnny de dos. Lovées entre le public et Johnny, on se sent bien. Les sens réagissent, l'émotion est grande.

matins

Plus qu'un artiste... Un homme
Plus qu'un public... De l'amour
Plus qu'une photo... Un regard
Plus qu'un livre... Un moment
Plus qu'une tournée... Des tranches de vie
Plus qu'un Bercy 1995...
Un aller-simple pour le plaisir
C'est tout !

LILLE

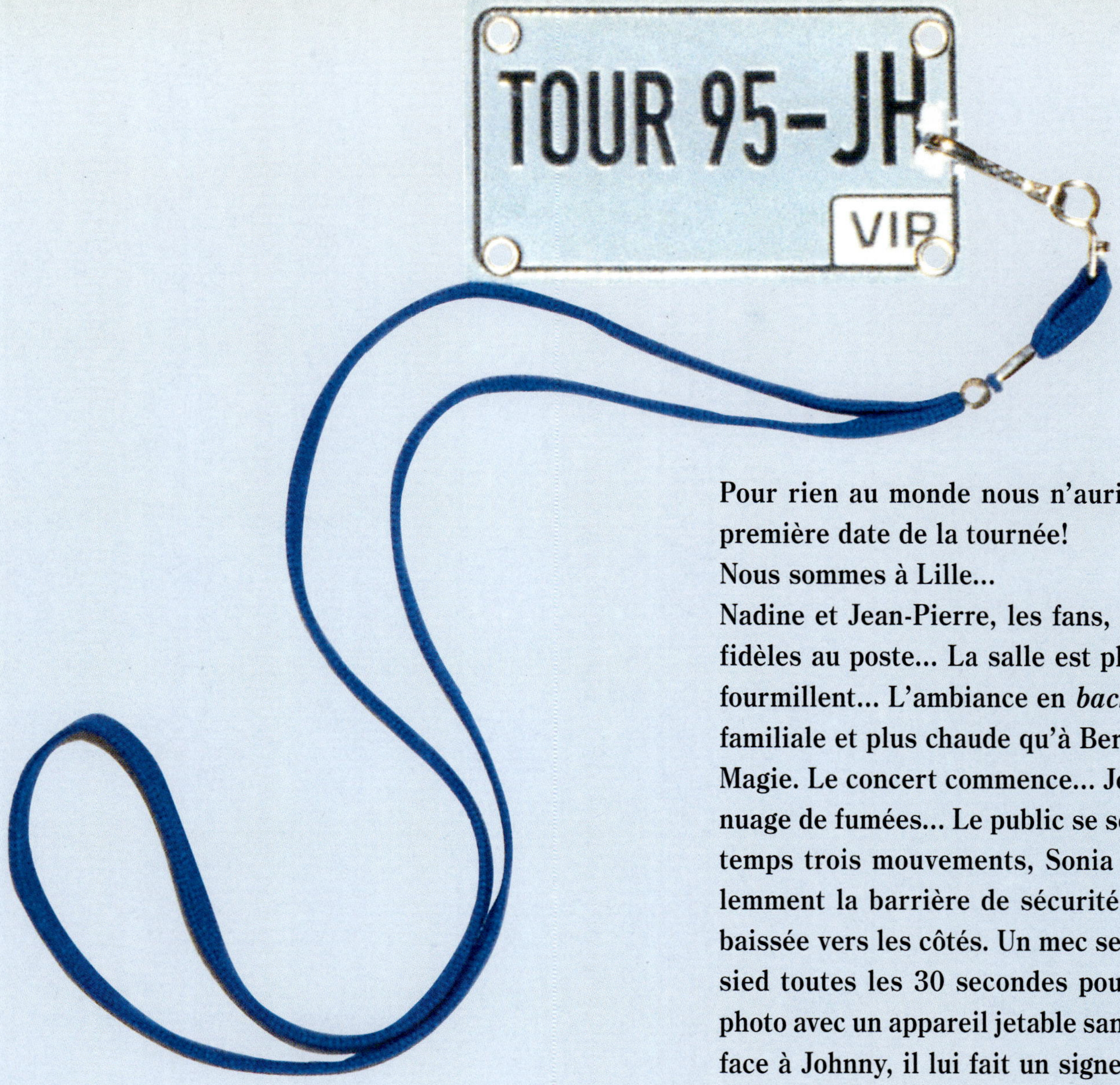

Pour rien au monde nous n'aurions raté cette première date de la tournée!
Nous sommes à Lille...
Nadine et Jean-Pierre, les fans, sont eux aussi fidèles au poste... La salle est pleine, les loges fourmillent... L'ambiance en *backstage* est plus familiale et plus chaude qu'à Bercy.
Magie. Le concert commence... Johnny, dans un nuage de fumées... Le public se soulève en deux temps trois mouvements, Sonia embrasse violemment la barrière de sécurité. Je fonce tête baissée vers les côtés. Un mec se lève et se rassied toutes les 30 secondes pour prendre une photo avec un appareil jetable sans flash... Assis face à Johnny, il lui fait un signe pour marquer son contentement après chaque prise! Johnny se poste face à Robin sur *Fool for the blues* en grimaçant... Robin est hilare...
Le photographe fou est heureux...
Le Zenith est devenu un tout petit Bercy...

Luc Delemazure, qui a imaginé le décor pour Bercy, l'a adapté aux plus petites salles de la tournée... Cet architecte lillois avait déjà conçu la scène du parc des Princes... Rock'n Roll!

Johnny attaque : "À Lille, il y a des jolies filles... Comme vous le savez, je suis sensible aux jolies filles... Cette chanson est pour toutes les jolies filles de Lille..." *Loving you.*
Sur *Tennessee*, un type d'une trentaine d'années crie "assis", un autre, la cinquantaine, se retourne et lui rétorque : "Eh... on est à un concert de rock!!!"
Robin s'harnache d'un large foulard panthère... *Requiem pour un fou...*
"Les chasseurs et les faims ont chien...", chante Johnny... Fou rire de Sonia...
Ne m'oublie pas... plus de son ...

Une grande complicité unit Johnny Hallyday à ses musiciens.

STRASBOURG

Ambiance toute particulière dans la ville de la choucroute... Nous rentrerons en fraude dans les loges avec la complicité des musiciens et de l'artiste, une bouteille de Picon bière à la main... L'ange rock sera le seul à rester sobre...

Il confie ce soir-là au public qu'il a fait son service militaire à Strasbourg... et qu'il a dégusté une bonne choucroute avant de monter sur scène cet après midi...
7000 personnes sont au rendez-vous...
L'homme-serpent les a emportées avec lui, sur des rythmes rock'n roll à faire perdre la tête...
Le corps prend le dessus, on ne réfléchit plus...
On s'éclate à Strasbourg.

L'homme-serpent se donne, surprend, éblouit son public.

J'le croise tous les matins

CAEN

Départ de l'hôtel Holiday Inn en bus, avec les musiciens... pour un retour sur Paris avec Jean-Pierre, fan de Johnny, il le suit depuis 19 ans...

Confidences à Joël, Johnny, Robin and co, concernant REGARD DE FILLES... qui a peut-être trouvé un père "adoptif", bref un éditeur... L'ambiance est à la fête... "the book" verra le jour...

Jean-Pierre Janiaud m'explique la gestion du son et me parle avec tendresse de son ami Michel Berger...

NANCY

C'est reparti... une semaine non-stop à suivre la tournée, en bus avec les musiciens...
Ambiance...
Phil, le bassiste, regarde un film, Tim pianote, casque sur les oreilles, connecté à son Mac... Robin rédige des courriers sur son portable... Jean Pierre Janiaud, rêveur, fixe la route. Je me fais toute petite pour ne pas déranger... Ils ont accepté ma présence dans leur lieu de vie qu'est ce bus... je ne voudrais pas qu'ils reviennent sur leur décision... Au réveil de l'ensemble de cette gent masculine : blagues de cul sur les blondes, les Anglo-Saxons en raffolent...
À l'arrivée, discussion plus grave et nostalgique...

EUX : - Comment va Serge?
MOI : - Bien...enfin...pas facile pour lui de m'imaginer seule avec vous... Et comment vont Brogen, Irene...?
ROBIN : - Je pense que lorsque l'on est sur la route, comme nous, il vaut mieux vivre seul.
TIM : - Mes enfants me manquent.
JIM : - Si Irene me dit non... qu'est-ce qu'il se passera?
Voilà trois mois qu'ils ne sont pas rentrés chez eux...
JIM : - Quand tu rentres chez toi, tout est étrange... le lit, la chambre... l'ambiance, t'es paumé...

Le concert à Nancy restera l'un des plus forts moments de cette tournée...
L'homme qui est sur scène ce soir donne tout de lui... son corps, son âme... il se dévoile, si sensible, si mec, si tendre, si violent. La souffrance, les séparations, toutes ces douleurs qui font qu'un jour on n'arrive plus à pleurer... il en a fait sa force, sa fragilité... il n'est pas désabusé, il vibre, vit, se révolte.
Il confie à son public :
"Faire ce métier est difficile, on a envie d'arrêter, parfois. Mais vous nous donnez envie de continuer. Vous me respectez, je vous respecte. Merci. Je fais ce métier pour vous et grâce à vous..."

J'le croise tous les matins

LYON

Dans le bus qui nous conduit à Lyon, une dame blonde se joint à nous... Josette Sureau m'explique qu'elle a fondé le premier fan club de Johnny, Sardou, Sylvie Vartan. Elle vient d'offrir à Johnny une pièce rare, un 25 cm d'Édith Piaf à l'Olympia, chantant *l'hymne à l'amour.*

Le voyage sera long, bercé par la douce voix de Josette qui me raconte "Johnny" avec tendresse... et par les exploits militaires et scolaires de Jim...

Erick Bamy rit aux larmes...

Arrivée à Lyon, direction la salle où aura lieu le concert de ce soir... Les musiciens et Erick font la balance... Puis le *catering*, devenu un lieu de repos, de retrouvailles...

Johnny, comme chaque soir, improvise, donne, surprend. En deux minutes la salle se lève... le public embrasse violemment les barrières... Johnny embrase le public.

Ce soir, c'est l'anniversaire de Coco, éclairagiste. Invitation au restaurant... fête, sourires... Coco me confie qu'il bosse depuis 30 ans pour Johnny...

Quelques minutes après la fin du concert, un autre spectacle commence... le ballet des techniciens est le même chaque soir...

Une danse dans le silence d'une salle qui se vide... ces hommes se croisent, se frôlent, rapides, précis, efficaces...

*Jeux d'ombres
et magie de lumières
sur la scène.*

SAINT-ÉTIENNE

Après le bus des musiciens, la Clio de Jean-Pierre... trois filles et un garçon... Ils suivent Johnny Hallyday depuis plusieurs années...
Ça sent les vacances...
Ils surnomment Johnny : "le grand"... Jean-Pierre m'explique qu'ils"tiennent le coup moralement" grâce à Johnny Hallyday...
Le concert :
Marie-Laure, Fabienne et Jean-Pierre s'éclatent, scotchés à la barrière de sécurité... Johnny dédie *l'hymne à l'amour* à Marie-Laure...

Michel vient chercher mes trois acolytes dans la salle, à la fin du concert...
"Vous êtes invités au restaurant par Johnny Hallyday..." et hop... en route chez Pierre Gagnaire... La Clio suivra la Mercedes... Les yeux de Jean-Pierre, Marie-Laure et Fabienne, étaient ce soir-là comme ceux des enfants à Noël... et il faut dire que le cadeau était géant...

En arrivant dans la salle de restaurant, Johnny lance : "Veuillez installer mes invités". Classe !

ALBERTVILLE

La patinoire est transformée en salle de concert...

J'le croise tous les matins

CHÂLONS SUR SÂONE

Mais comment fait-il ?
Nos yeux se cernent,
la fatigue marque le déplacement des corps...
Lui, il est "en grande forme"...
Quelle "patate" vous avez monsieur Hallyday!

J'le croise tous les matins

TOULOUSE

Johnny regarde les photos de Bercy et de la tournée... disponible, tendre, pro...
Nos trois fans portent des lunettes de soleil... clin d'œil à la star... Johnny sourit, ôte les siennes. Ils ôtent les leurs...
Il s'amuse comme un gosse en scène...
Joël Devouges assiste, en retrait, au concert de son pote.
Ça sent la fin de tournée...

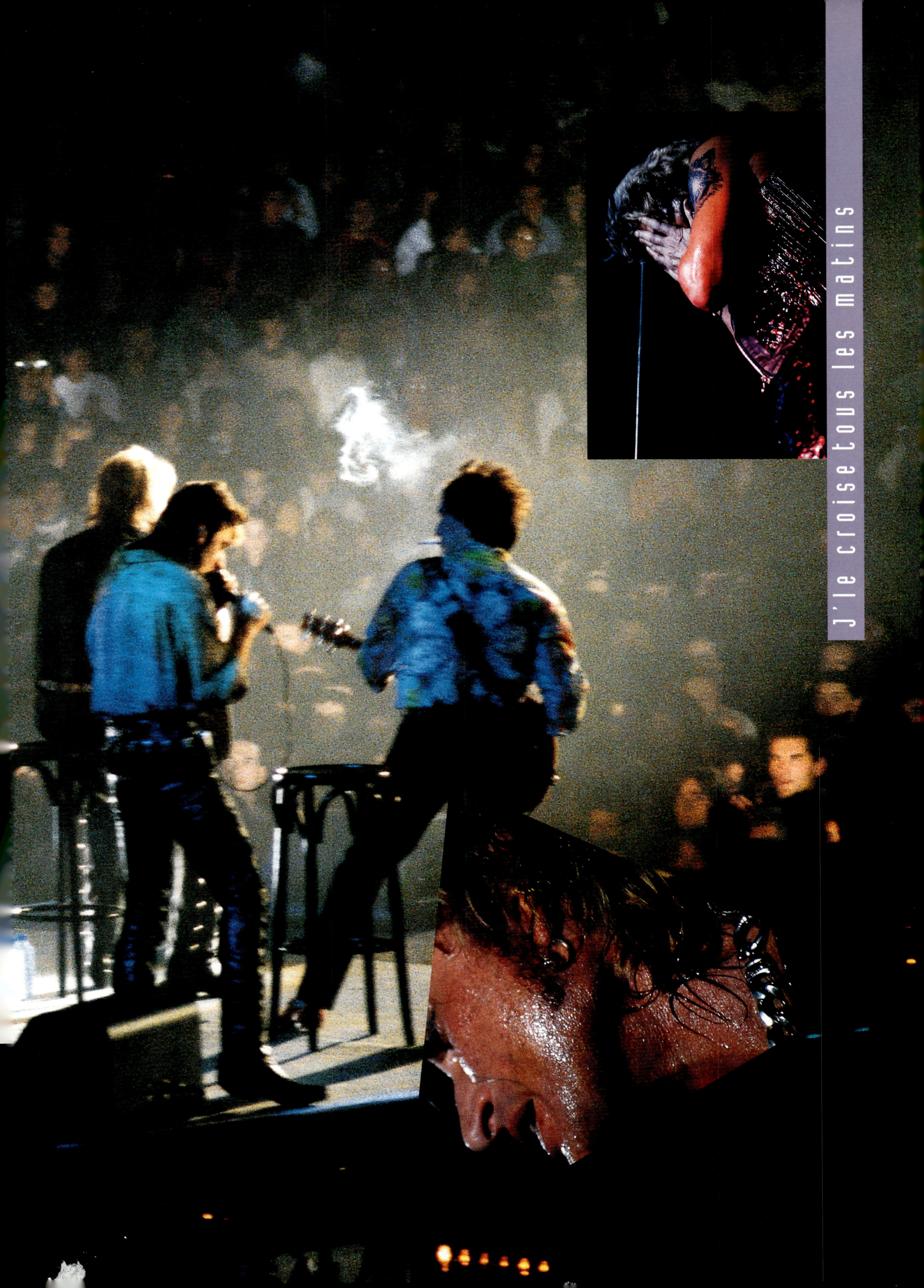

J'le croise tous les matins

NANTES

J – 1

J – 1

J – 1

J – 1

J – 1

J – 1

J – 1

J – 1

J – 1

Jour J

Jour J

Jour J

Jour J

J'le croise tous les matins

J – 1

moins 1

J – 1

moins 1

J – 1

J – 1

moins 1

moins 1

J – 1

J – 1

LA ROCHELLE

Tout le monde attend la fin de la tournée pour retrouver les siens, un appartement, une vie “normale”... Tout le monde a le blues, aussi... On parle de la tournée de mars...
Qu’on me donne l’envie d’avoir envie...
chante l’ange rock...

CERTAINS EN FONT

Des dizaines de tonnes de matériel, 80 techniciens, monteurs, acrobates...
Chaque salle est investie au petit matin par ces hommes au langage étrange, aux mouvements rapides, méca-
niques. Ils dansent si joliment autour des blocs de métal qu'ils en font rapidement une ossature fantasma-
gorique qui, dans quelques heures, sera devenue le temple Hallyday d'un soir. Puis ils habillent cette Dame
que l'on appelle scène. Michel, le régisseur mène le jeu.

TOUTE UNE SCÈNE

J'le croise tous les matins

Une jeune femme, Lola, évolue en rythme et ondule au milieu de ces hommes.
Sa spéciale spécialité : l'éclairage.

18 H. Pause au *catering* pour certains. Les chauffeurs essaient de dormir un peu. Les musiciens font la balance. Les loges s'animent. Des effluves de petits plats rassurent les estomacs vides. Nelly et Tilda, les costumières, s'affairent.

Il faut commencer à valser avec les gars de la "sécu". Tu montres ton passe toutes les cinq minutes.

Certains en font toute une scène

19 H-20H. Johnny dîne au *catering.* Il observe tout ce petit monde, musiciens, techniciens, chauffeurs... Le temps d'échanger quelques mots, sourires, éclairs bleus, silences... Vêtu d'un jean-tee-shirt-manteau marine... Dans quelques instants il sera homme-serpent, clouté.

Coco, Loulou, Patrick, tous les techniciens se préparent. Casques sur les oreilles.

Ordres.

"C'est parti".

Gabrielle et *Lady Lucille*, deux dames du Rock'n Roll et un ange Rock vont flirter sensuellement sur scène.

Rock'n Roll

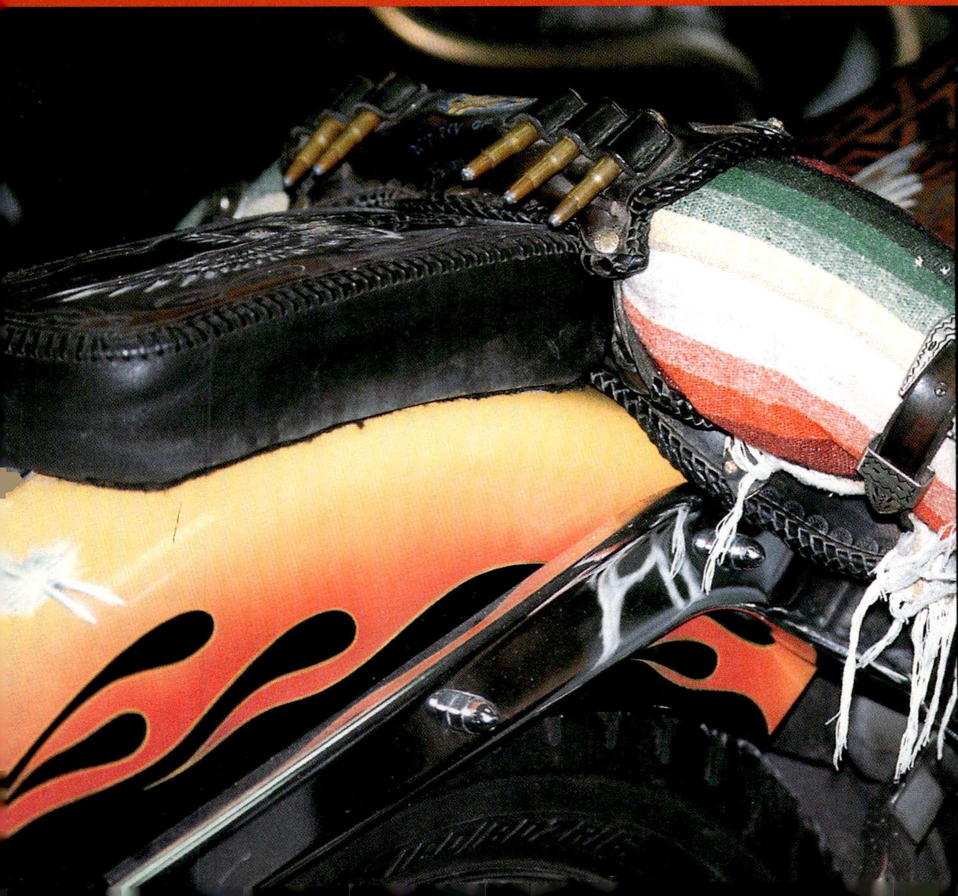

Attitudes

Johnny chef de “band”

en blouson de cuir clouté

et santiags

Johnny nous présente Son groupe, son équipe, sa bande, ceux avec qui il aime tant travailler.
Ils s’alignent tous face au public. Johnny se place face à eux, dos au public. Le bonheur règne sur la planète rock, les habitants ovationnent le capitaine !
Cette prison est d’or. Moi je suis dehors, j’en ai froid dans le dos. J’observe.

Rock'n Roll attitudes

Glissé dans une seconde peau, Johnny homme-serpent

Sur *Diego*, Johnny est à droite de l'arène. Un laser l'atteint en pleine poitrine sur *Déjà mort peut-être...*

Sur *Sarah*, il avance avec Erick Bamy, marche synchronisée, à droite de la scène, vers les gradins, alors que les lumières blanches nous éblouissent.

- Bonsoir. Certains journaux disent que je n'ai pas de conversation. Alors je vous le redis : Bonsoir !!!

Le public l'applaudit, se marre. Il chante, ce soir, *Tes tendres années*, pour sa fiancée...

Puis il demande :

- On continue ou vous en avez assez ?

Émeute dans la salle...

Après *Cry over me*, il leur explique qu'il ne peut pas être d'un côté et de l'autre de l'arène...

- C'est de la faute du producteur, Jean-Claude Camus.

La salle siffle.

Après *Charlie*, il boit tout en précisant :

- Ce n'est que de l'eau. Hélas!

Près de nous une chorale, constituée uniquement de garçons chante *Be bop a Lula...*

Il reprend alors ce titre improvisé. Entraîné par le public.

La chorale scande : “Merci Johnny. Merci Johnny.” Le tout avec humour...

- Vous m'avez surpris. Ce n'était pas prévu ce soir.

À la fin de *Toute la musique que j'aime,* des feux d'artifices jaillissent autour de l'arène...

À chaque fois, je me crame les cheveux...

Robin jette un coup d'œil sur Johnny. Admiration. Fou d'énergie, le capitaine se dépense sans compter.

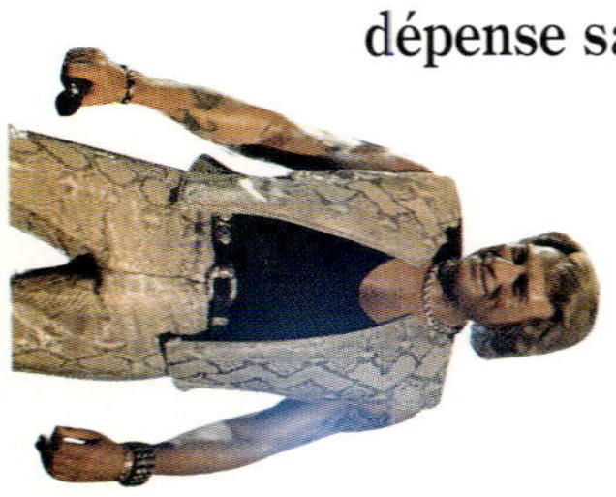

APPRENDRE L'HISTOIRE PAR LE ROCK

Le public de Johnny redoute les journalistes... J'ai eu une conversation avec l'un des admirateurs de Johnny, cette semaine...

- Tu sais, Sandrine, on n'est pas débiles. C'est vrai qu'il est difficile de comprendre notre démarche. Mais nous, on l'aime Johnny. Certains vont en vacances dans un club, bronzage toute la journée, fêtes le soir. Nous, on va voir Johnny en concert, avec notre argent. C'est tout. C'est un peu des vacances... On se change les idées. Il ne se fout pas de notre gueule. Il se donne. C'est une passion, et les gens qui ne vivent pas cette passion ne peuvent pas comprendre... Ceux qui ont une autre passion, les timbres, le cheval, peuvent nous comprendre, encore faut-il qu'ils aient une ouverture d'esprit suffisante, tu vois. Il faut accepter les différences. Ce qui nous cause du tort, ce sont les fans un peu cons, parfois. Aux Infos, ils ont fait un gros plan sur un mec sans dents, un vieillard qui attendait Johnny devant le Hall 38. Une espèce de clochard...

Moi : - Là, tu es intransigeant, toi aussi ! Pourquoi, quelqu'un qui n'a pas les moyens de se faire refaire les dents, n'aurait-il pas le droit de rêver, de vivre la même passion que toi ?

Lui : Sourire.

- Tu as raison, mais tu le sais tout comme moi, l'image est tellement importante aujourd'hui... pour les gens. Après ils se font des idées... Pensent que nous sommes des crétins... Mais au fond, tu n'as pas tort. Ce gars-là, il est comme moi, il a le droit d'être là.

Le physique c'est pas ça qui compte... Il ne faut pas être intolérant comme les autres... Tu écriras ce que je t'ai dit, tel quel ?

- Oui, Pierre.
- Ton métier c'est écrire...?
- Oui... et toi ?
- Je suis prof d'Histoire.
- Non !
- Si. Dans un lycée. Si je croisais l'un de mes élèves, ça serait trop ! Tu sais, je pense que l'on pourrait apprendre l'Histoire par l'art, par le Rock, et pourquoi pas par Johnny Hallyday...

Il se marre et continue...

Écoute un peu :

Johnny Hallyday fait Bercy durant 19 dates. Sandrine et Sonia, deux jeunes femmes, décident de rédiger REGARD DE FILLES, mais ce sera la peur au ventre. Pourquoi ? Car une vague d'attentats terrorise la France...

- Tu reviens cette semaine...?
- Ah ! Ça, pour sûr... J'irai le voir en tournée, aussi.
- À bientôt.
- Au revoir. J'achèterai ton livre. J'espère que tu resteras proche de la réalité...
- C'est-à-dire ?
- Il y a bien des inexactitudes dans la plupart des ouvrages sur Johnny Hallyday... Le public n'aime pas du tout ça...

Tu sais, certains connaissent tout de lui, en tant qu'artiste.

- Je sais. J'ai eu l'occasion de m'en rendre compte ! Je serai vigilante.

Johnny, irrésistible,

Sur *Le feu*, il fait des pas chassés et jette une serviette dans la salle. Aïe Aïe... Ça va coûter cher à la prod ! Sur *Quand le masque tombe*, il répète "Tout se voit"... Effectivement...
Requiem pour un fou. Après la montée de la rampe, la descente par l'ascenseur, il caresse sensuellement le mur, dos au public. Il terminera la chanson à genoux.

Débardeur noir, ce soir, pour chanter *Ne m'oublie pas*, épaules et omoplates dégagées... Sonia estomaquée !
Johnny joue avec une bouteille d'eau qu'il place sous la ceinture. Sonia pouffe de rire, moi aussi!
Après *Dégage*, il se peigne !
Le titre d'Édith Piaf l'*Hymne à l'amour*... Chemise violette cette fois. Je préférais la rouge!
Émotion.
Sur *Chercher les anges*, il boit, fait un geste brusque de la main, arrose la batterie de Ian... et jette sa bouteille...
"En 1959, je pensais voir un western, en allant au cinéma. Sur l'affiche, il y avait un mec habillé en cow-boy. Je suis allé voir ce film. Il commençait à chanter une chanson lente. Les filles criaient. C'était Elvis. Je me suis dit que si je la chantais, vous alliez crier pour moi, mesdemoiselles ?"
Sur *That's all right mama*, je continue à écrire, il faut suivre et ne rien rater...
Derrière on me pousse, je lève la tête... Johnny chante, il sourit comme un enfant. Je dois le faire rire, éberluée, gênée de scribouiller lorsqu'il chante.
Sur *Toute la musique que j'aime*, le public commence à taper dans les mains. Il leur dit :
- Pour l'instant, il ne faut pas taper dans les mains. Il faut claquer des doigts. Comme ça... C'est beaucoup mieux. Voilà !
Sur *Fils de personne*, deux garçons sautent en rythme.
Je me surprends à chanter "Pas moi. Je suis le fils de personne".
Are chances gone, il passe au-dessus de nos têtes et dit "bonsoir" à Sonia... qui malgré son sang-froid, s'émoustille un peu de ce salut scénique !
Les mains se tendent vers lui, il reste quelques temps au-dessus de nos têtes. Il se prête merveilleusement au jeu, nous permettant de faire de jolies photos. Sonia photographie. Moi, je me plonge dans ce regard bleu, immense, charmeur, beau, sincère. Je prends à mon tour une photo. Je me sens voleuse, sans remords ni regrets.

"crooner" de charme,

l'ange rock

flirte avec *Lady Lucille*.

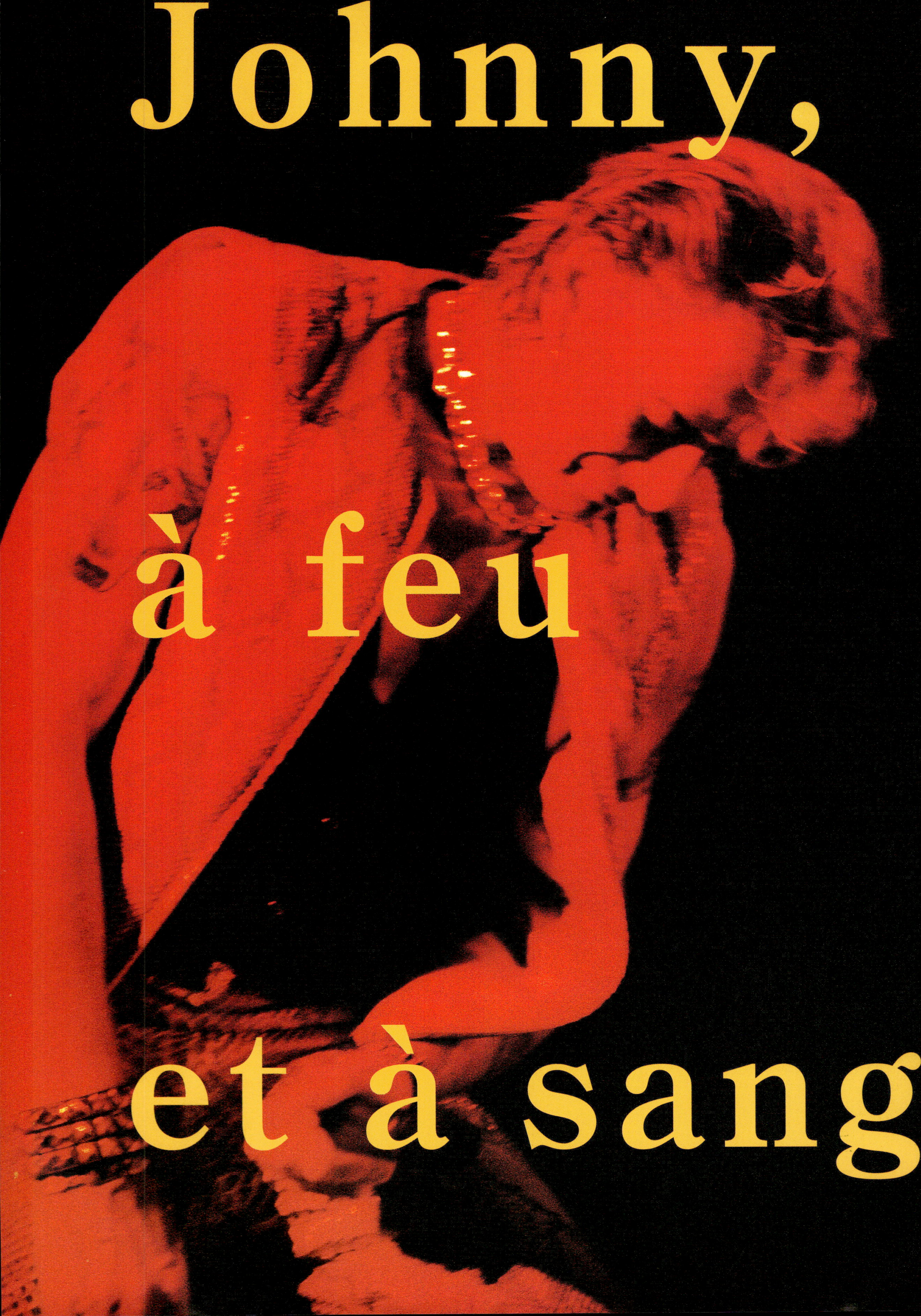
Johnny,
à feu
et à sang

Rouge comme le feu qui allume une Gitane les soirs de solitude.

Rouge
Comme le feu des retrouvailles. Comme la séparation. Comme une salle qui saigne à la minute du départ. Comme Bercy vide, sans vous, sans lui. REGARD DE FILLES sera Rouge. Comme vos yeux humides. Comme sa chemise. Comme les belles âmes.

Le feu
L'harmonica pousse comme un cri de douleur et de joie, à la fois... Délire de Ian à la batterie, tous les batteurs sont-ils fous ? REGARD DE FILLES sur ce monde invisible pour beaucoup, fut souvent ému, larmoyant... L'émotion ne se touche pas, l'amour, la peur, la solitude parfois, non plus... Souvent à son approche il a rendu ses sentiments presque palpables... Puis il s'est évanoui dans les loges de Bercy... Son enveloppe charnelle était là. Mais si belle qu'elle soit... son âme, son intelligence, ce qu'il nous apprend, nous plaît beaucoup plus.
Fan de Barbara... *Ma plus belle histoire d'amour c'est vous...*
Cette chanson, Johnny aurait pu la chanter à son public...
Cette histoire d'amour prend toute la place, les autres semblent dérisoires... Pourtant, le rideau fermé, l'homme a besoin d'amour... de soutien, de reconnaissance... Souvent, j'ai eu cette impression troublante que le public était "la femme de sa vie"...

Passions

Cette Harley Davidson est peinte du bleu des yeux de Laura.

Dans son hangar, ses passions : ses Harley, ses voitures...

- Avant de vous dire au revoir, je tiens à vous dire que vous êtes formidables. Ça a été pour nous tous un plaisir de faire ce spectacle pour vous ce soir. Pour certains cela fait 35 ans, pour d'autres c'est plus récent. Entre nous c'est une belle histoire d'amour.

Johnny

du petit piaf au grand aigle

Tant de sensations offertes par un seul homme…

Johnny attaque Piaf,
L'hymne à l'amour.
Difficile de raconter
cet instant, de me concentrer
sur mon "rôle"...
Il le faut pourtant...
Du petit piaf... à l'aigle,
on s'envole, on s'émeut,
on se tait.
Silence dans Bercy.
À cet instant, j'aimerais
que les êtres qui me sont
les plus chers soient là.
Un besoin de partager.
Il dirige Jim au piano,
tout en interprétant
la chanson.
Je l'observe tendrement.
La salle est bercée
par une pudeur tendre.

Regard de fans

Les fans les plus fous sont auprès de Johnny… Fan n'est pas nécessairement négatif. En les rencontrant j'en ai trouvé certains plus coriaces que d'autres, plus "strange", mais pour la plupart ils lui vouent une admiration sans nom… Ils crient, s'évanouissent, ils le connaissent bien, s'éclatent à fond…

C'est cela qui fait d'eux des gens extraordinaires, ils vont au bout de leurs passions, de leurs envies, ils vivent, bougent, sans retenue.

Je pense à Patrice qui l'admire, le filme. Il crie soir après soir derrière sa caméra. C'est chouette, il continue à vibrer, à s'étonner…

Nadine :
- Tu sais, Johnny nous permet de lutter contre le stress. Je ne suis pas amoureuse de lui... J'ai deux enfants, je suis mariée. Mais c'est un peu des vacances pour moi les concerts de Johnny. J'oublie tout. Mes jumeaux s'appellent Sylvie et Johnny, ils sont nés en 1979. Ses concerts c'est toujours des retrouvailles, on revoit des amis, on s'en fait... Si tu savais le nombre de mariages qui ont eu lieu suite à des rencontres lors des concerts !!! Il y a eu des divorces aussi à cause de la passion que l'un des deux éprouvait pour Johnny...

La plupart d'entre nous ne font pas l'amalgame entre l'homme et l'idole.
Par exemple moi, je n'ai pas du tout envie de franchir le pas et de connaître l'homme. Je ne verrais plus l'idole.

Du petit piaf au grand aigle
L'hymne à l'amour...
Sa voix semble souffrir :
- J'ai choisi ce qui est pour moi l'une des plus belles chansons d'amour. Il me faut du courage pour la chanter parce qu'elle est d'Édith Piaf. Entre nous c'est une longue histoire d'amour. Cette chanson est pour vous.
Je pense à mes parents, leur rencontre. Leurs danses étaient bercées par *Charlie*, que Johnny chantera cette année à Bercy, par *Noir c'est Noir*, *Les Coups*, *Quand revient la nuit*, *Oh Carole...*
Cette carrière fulgurante, ce conte de fée les a sûrement laissé rêveurs.

Regard de Johnny dans le regard des filles

Sonia regardait les photos en compagnie de Shane, Hervé passe, en repère une et s'écrie :
- Elle est super, Johnny va aimer, fais-la refaire pour la mettre dans la loge.
Johnny suit... Hervé lui dit :
- Regarde Johnny, cette photo.
Il en saisit une autre.
- Non. Pas celle-là. Elle n'est pas bien, l'autre... continue Hervé.
Moi : - Elle est jolie aussi celle-là !
Johnny sourit : - Oui, elle n'est pas mal, celle du haut !

Hervé lui tend celle dont il parlait. Elle est devenue la photo de la couverture du livre. Sonia et Shane, eux, continuent à regarder tranquillement les autres photos.
Nous, nous allons rejoindre le public, ceux qui l'aiment. Nous rêvons d'immortaliser leurs paroles et celles que Johnny nous offre dans ce livre. Ce sont ces moments-là les plus importants. Cet artiste ne baratine pas des heures durant. Il est efficace, professionnel, attentif aux autres, quels qu'ils soient, petits, grands, jaunes ou verts... Il s'en fout. Viendrait-il d'une autre planète ?
Depuis que nous sommes là, Sonia et moi, nous nous sentons peu de chose. Dans ce tohu-bohu permanent, nous n'avons aucun statut. Cela ne nous dérange pas d'être les S.D.F. de Bercy...
Mais le regard des personnes rencontrées dans le public nous rassure : nous existons. Dans le regard des musiciens qui sont nos amis, aussi...

Ce qui nous a le plus surpris, c'est la disponibilité sur scène de Johnny Hallyday. Nous ne sommes rien. Pourtant il a toujours une attention, un arrêt, un sourire. Tous les soirs, il nous voit nous dépatouiller auprès des professionnels qui l'entourent. Il ne nous juge pas. Son regard, ses attentions nous motivent.
Il a confiance. Il sent les gens. Il donne. Nous respecte pour ce que nous sommes. Deux nanas qui se sont lancées dans cette aventure par amour du Rock'n Roll, pour croûter, par amour tout court.

Du petit piaf au grand aigle

Sourires...

J'ai l'impression que de voir nos têtes tous les soirs est devenu un véritable supplice pour eux.

- Je me suis souvent demandé sur quelle chanson je pouvais vous quitter. *Dégage*, c'est un peu violent ! J'ai alors pensé à cette belle chanson d'amour qui s'adresse à vous qui me suivez depuis des années. Qui avez fait de moi ce que je suis. À vous que j'aime.
Puis... "Dans la vie plus de problèmes, mes amours puisque tu m'aimes".
La chanson d'Édith Piaf, transformée pour un soir.
Voilà. Il disparaît derrière le rideau, le drapeau du vaisseau Bercy.
Nous ne nous attarderons pas ce soir. Le temps de saluer tout le monde dans les loges. De croiser Georges Marchais, un acteur Rock'n Roll de la vie politique. Un passionné, engagé politiquement, rencontre ce soir un passionné, engagé musicalement...
Mélange des genres. C'est cela le Rock'n Roll, dis, Johnny ?
Sur la route pour Maisons-Alfort, ma petite et pragmatique Sonia se fait du souci concernant le rendez-vous que nous avons demain avec Joël, qui examinera les photos :
- T'inquiète pas. On est le 21 demain, j'adore ce chiffre. C'est un bon jour le 21.
Sonia, le regard inquiet, acquiesce.
À 21h le 21, Joël regarde les tirages papier, sans mot dire... des centaines de photos, dans le silence. Le bar des loges est bruyant, mais nous n'entendons que ses silences.
Un son va sortir de sa bouche, Sonia et moi attendons, tétanisées !
- C'est pas mal du tout... On peut faire quelque chose avec ça.
Si j'avais pu à ce moment-là, faire le tour de la table ronde où nous étions installés en hurlant, je l'aurais volontiers fait.
De plus, Robin, Shane, Ian, Jim, Tim, que nous avions vus avant notre rendez-vous, déambulaient, les uns après les autres, pour voir comment se déroulait l'entretien. À chacun de leurs passages, ils nous faisaient des signes de ralliement et de soutien. Joël a dû se demander quel était ce rite bien étrange.
Robin, lui, a craqué. Il s'est approché de la table, il nous a regardés tous les trois en souriant !
C'était juste avant l'entrée en scène.

amusés, complices.

QUI ES-TU JOHNNY ?

À le voir sur scène, je me pose souvent la question.

Toi, tu ne te la poses pas.
Tu préfères vivre, donner... donner, vivre. Tu ne triches pas. Devenu l'homme sur lequel tous les regards se dirigent, tu t'échappes parfois. Tu t'envoles.
Il nous reste un homme de spectacle vêtu d'un jean clair, d'un blouson et d'un tee-shirt. Autour, des gens gesticulent, s'animent, toi, tu suis le mouvement. Tellement absent. Présent physiquement. Puis tu reviens parfois.
Aux mots, public, Bercy, amour, scène, groupe, l'extraterrestre habite ce corps immense, musclé, joliment foutu. Mais s'il veut être tranquille dans son monde, il ferme les portes de l'échange.
Homme tendre et subtil, rapide, profond, sa confiance est longue à gagner. Sous sa réserve, il attend, observe.
C'est sûrement pour cela que certains pensent qu'il n'a rien à dire.
Ne préfère-t-il pas se taire, parfois ? Se mettre à la portée de tout un chacun, avoir conscience du rôle qu'il tient, de l'amour qu'il donne, qu'il reçoit, c'est l'une des plus grandes preuves de son intelligence. Son domaine de pensée est plus vaste que la Lorada.
Johnny fait partie des gens qui en tous lieux, toutes situations, créent un monde, monde invisible, vaste univers, beau, troublant.

Son public l'y rejoint souvent.

Bâtisseur...

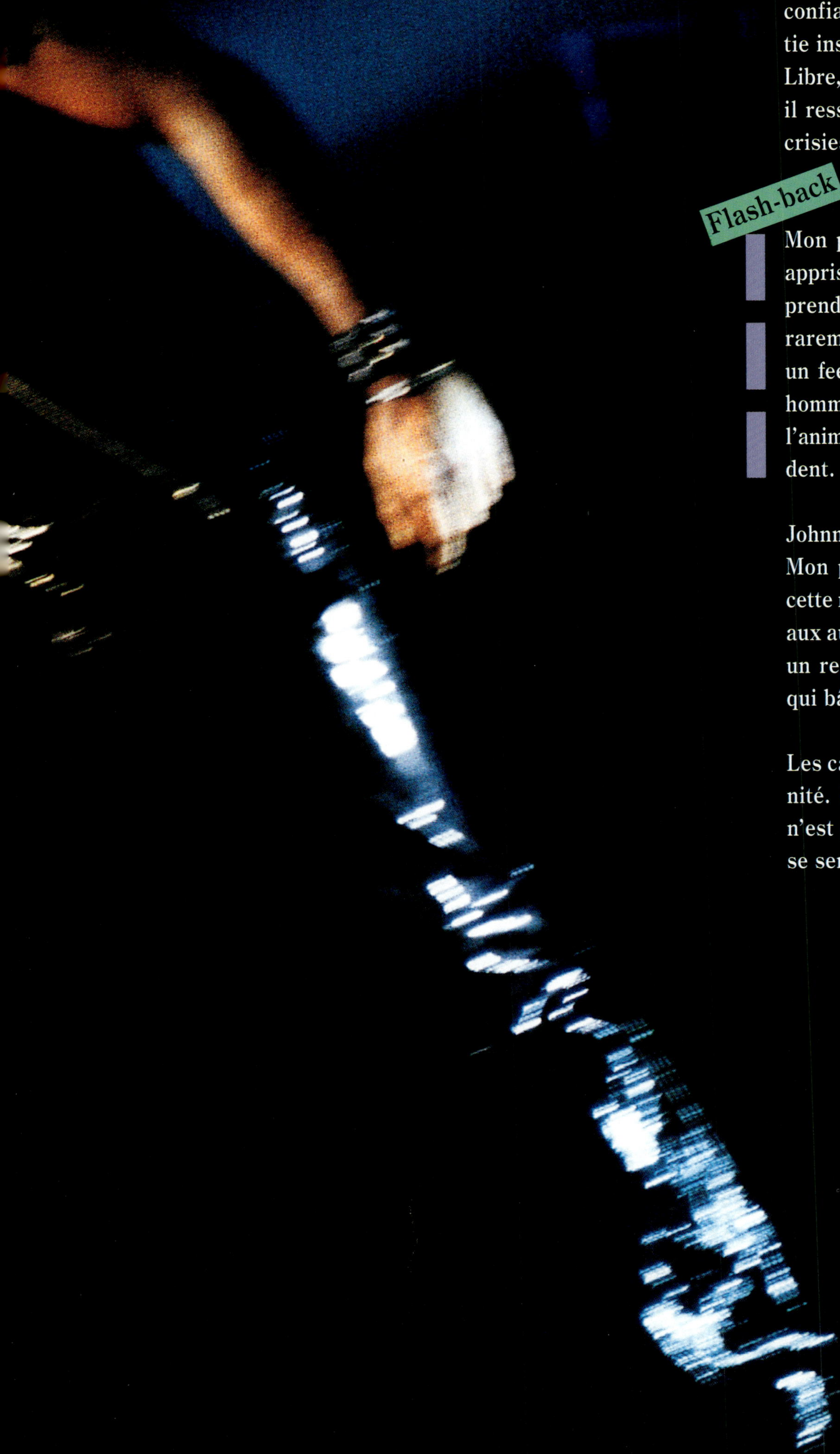

Lorsque Johnny a donné des interviews pour la promotion de Bercy, je l'ai trouvé craintif, retenu. Lui a-t-on dit trop souvent qu'il était maladroit ? Il en a perdu sa confiance, son naturel, son humour, sa beauté. Ces choses qui n'appartiennent qu'à lui. Où est le Johnny libre, confiant, celui qui sourit, qui a une repartie instinctive et intelligente ?
Libre, il devient charmant, fin, clairvoyant, il ressent toutes les faiblesses, les hypocrisies.

Flash-back

Mon père parle peu, car il a avant tout appris à travailler. Secret, réfléchi, il n'apprend que dans l'intimité, pourtant il s'est rarement trompé sur son entourage. Il a un feeling immédiat. Il fait partie de ces hommes qui “font le monde”, les autres l'animent, le décrivent, le racontent, le brodent.

Johnny Hallyday est ainsi.
Mon père et lui se ressemblent. J'aime cette race d'hommes qui a tant à apprendre aux autres, dont le regard sur le monde est un regard de constructeurs, de maçons , qui bâtissent nos rêves en silence.

Les capter, c'est fixer une seconde d'éternité. Écrire, les décrire, les photographier n'est jamais simple. C'est douloureux, on se sent voleur, violeur.

Philosophe.

Mon ami lit : “Le monde de Sophie” de Josten Gaarder. L'un des passages sur l’amour répond à une question sur la vie.

> “Qu’est-ce qu’il y a de plus important dans la vie ?
> Tous les hommes ont évidemment besoin de nourriture.
> Et aussi d’amour et de tendresse.
> Mais il y a autre chose dont nous avons besoin :
> C’est de savoir qui nous sommes et pourquoi nous vivons.”

Ce passage, Johnny Hallyday le connaît. Il se connaît, sait pourquoi il est là.
Il disait lors d'une émission télé, “J’ai besoin de grailler. C’est pour cela que je chante. Mais avant tout, c’est par amour...”
Et cet amour est entier, sincère, sinon l’histoire se serait arrêtée il y a longtemps. Il aime si fort son public qu’il en oublie de se préserver. Il lui donne tout.
Johnny Hallyday n’est pas un animal. Un précurseur... oui.
Ne m’oublie pas, provoque un trouble dans le public. Cette peur au ventre que la vie se termine. Nous l'avons tous. Cette peur d’être oublié de ceux qui nous aiment. Cette peur si moderne. Certains disent de Johnny qu’il a une intelligence instinctive, animale. Pourtant dans son regard, il n’en est pas ainsi. Les animaux ne craignent pas la fin, l’oubli, ils meurent sauvagement, silencieusement. La crainte de la mort, de l'oubli, est humaine, tellement humaine. Laisser une trace ne suffit pas, il faut se savoir aimé pour l’éternité, pour ne plus avoir peur. Dans le regard du public, Johnny trouve cet amour-là, infini, sensuel, entier. Celui que l’on ne rencontre que rarement.
Et je pense alors à cette phrase d'une chanson de Barbara :
“D’aussi loin que me revienne,
le temps de mes amours anciennes, ma plus belle histoire d’amour, c’est vous”.

Chef indien ?

Johnny est un sage, il affronte la séparation avec sensualité, calme, sérénité, à l'image des grands chefs indiens fumant le calumet, dans ce monde illusoire où tout va trop vite, qui nous laisse croire que nous sommes immortels, que le temps qui passe nous appartient alors que la réalité dévore nos visages.

Le temps est un salaud qui bat nos épaules, si souvent que l'on finit par s'y habituer, par ne plus y penser.
Lui ne l'oublie pas. Il délivre son message avec force. Il est doué de cette intelligence maligne des hommes qui, en trente ans de carrière restent “à la page”, sont messagers de nos peurs, de nos envies.

B R E L

OK,

les mots ne sont peut-être pas les mêmes, le public change, le "look" aussi. OK, je suis trop jeune pour l'avoir vu sur scène. Mais pourtant, ils "souffrent" leurs chansons autant l'un que l'autre, plus "bêtes" de scène que de studio. Ils poussent même le raffinement jusqu'à être belges tous les deux, et leur prénom commence par la même lettre. Ils sont tous les deux d'une générosité sans faille. Bref, l'artiste auquel Johnny m'a souvent fait penser en l'observant est Jacques Brel. Un Brel Rock'n Roll.

Deux nomades

Brel, lorsqu'il ne bougeait pas, s'ennuyait. Johnny aussi.

Après un spectacle, Brel et ses musiciens erraient dans des bistrots jusqu'à cinq heures du matin. Johnny, en tournée, me confiait : "j'aime m'attarder au bar d'un hôtel, je n'aime pas le goût de l'alcool, je bois vite pour m'étourdir. Je m'endors tard".

Johnny

Drôles

Johnny est souvent sarcastique, amusé, il pratique un humour "tendrement vache" avec son entourage. Il provoque, en douce, des situations amusantes, des face-à-face détonnants. Puis il attend les réactions. Marionnettiste à ses heures, monsieur Hallyday ?

Brel chante : "j'ai perdu l'accent bruxellois, d'ailleurs plus personne n'a cet accent-là, sauf Brel à la télévision." Les termes "vedette" ou "star" amusaient gentiment Jacques Brel qui s'étonnait, comme un enfant, d'être Brel, connu et reconnu. De même pour Johnny. Il reste conscient qu'outre-Atlantique il lui faudra se battre pour séduire. Une telle bataille le motive.

Généreux

"Si Jacques Brel a cessé sa carrière c'était parce qu'il avait dit tout ce qu'il avait à dire", (Bruno Coquatrix).

Johnny Hallyday : "Le Rock'n Roll m'a sûrement permis d'oublier les moments difficiles, de me révolter."

Pour Jacques Brel, faire de la scène était une lutte. Son adversaire, c'était la salle. Il lui fallait affronter un taureau. "Ce n'était pas une mise à mort. Mais une mise amour", disait-il.

Johnny aussi est généreux.

Quand il interprète *Requiem pour un fou*, il donne vie aux mots, les fait vibrer, s'entrechoquer, bouger, les change en émotions, vibrations, pour les partager avec son public.

Dès les répétitions, Brel et Johnny sentent la musique, ils la font vivre.

"Beaucoup entrent sur scène et n'ont pas de jambes dans leurs pantalons, Brel en a", (Juliette Gréco).

Johnny et Brel en ont.

Ils sont bien là.

C'est cela qui fait leur différence ?

Modestes

Si Brel disait qu'il n'était pas un grand guitariste et chanteur, Johnny dit la même chose de lui-même.

Écorchés vifs, ces deux anges sont des hommes beaux, sensibles, charmeurs. Un ange Rock, un ange Brel.

Dites, Monsieur l'ange Rock ?

Dites, Monsieur l'ange Brel ?

Pour devenir une étoile, en dehors du talent, les ingrédients indispensables sont-ils l'humour, la générosité, la modestie, l'amour des autres ?

Dans le secret du

Gémeaux, ascendant Gémeaux, Lune en Scorpion.

Thème typique de la personne douée.
Les aspects indiquent une vie peu facile (trop de dons : on est porté par la nature, tout se fait en quelque sorte malgré soi, difficulté à trouver son centre).
Il n'y a pas de schéma défini de la personnalité : grande plasticité, changement de personnalité d'instant en instant.
Cherche à déterminer l'image de lui-même sans y parvenir aisément.
Johnny est une personne très changeante (mais fidèle en amitié). Habité d'un désir constant de permanence, il voudrait suspendre la marche du temps.
Le thème indique des dons exceptionnels dans le domaine des arts, du jeu, du divertissement. Il est particulièrement décisionnaire dans le domaine de la culture et de la création.
CONTRADICTION : un désir permanent de dépassement de soi contrecarré par une tendance à se laisser porter. Il a des aspirations mystiques qu'il laisse tomber régulièrement.
Il veut aller jusqu'au bout de lui-même mais ne sait pas par où commencer.
Il se connaît de mieux en mieux en prenant de l'âge. On peut penser qu'il se trouvera réellement vers l'âge de 61-62 ans.

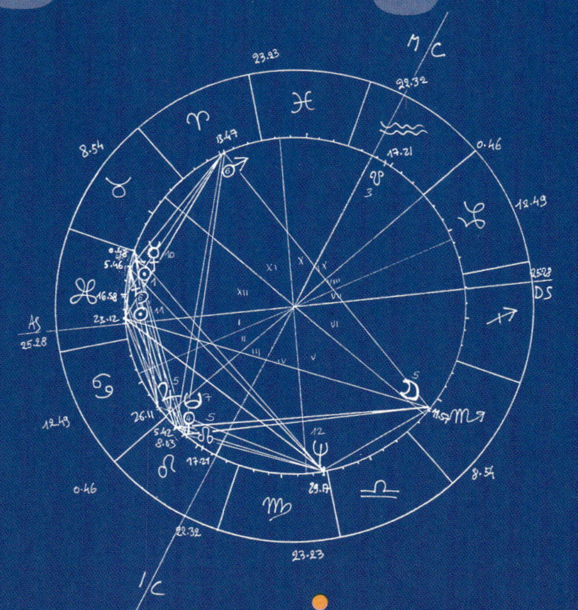

Dès lors, il jouera un rôle de conseiller auprès de ses proches.
Prédominance de la maison XII : importance des loisirs, de la récréation, mais danger d'être enfermé dans un monde un peu superficiel et de ne pas trouver les moyens d'en sortir.
Johnny s'est probablement opposé à son père, mais cette opposition s'est révélée formatrice.

ciel et des étoiles

Son Moi : changeant et vif. Une insécurité sous-jacente lui confère une certaine tristesse au sein d'un comportement gai et énergique. Extrême vulnérabilité, mais les points sensibles sont cachés. Personnalité très difficile à manier, jamais là où on l'attend.
Le mariage, les associations : le mariage doit être un facteur d'évasion et d'élévation spirituelle. Il s'entendrait avec une femme "d'ailleurs", mais surtout profonde et sérieuse. L'étranger joue un grand rôle. Il s'entend bien avec les étrangers, est attiré par les voyages, qui renouvellent son inspiration.
La vie matérielle - le détachement : une grande chance matérielle et de la générosité. Il attire les gens par son train de vie. Il aime sa maison, son intimité. Il ne s'intéresse pas à la société établie, à la hiérarchie, ne prend pas au sérieux ce qui est officiel : il le craint et le fuit (cf. Saturne en XII).
Il a tendance à confondre vie amoureuse et camaraderie. Recherche farouche d'absolu, il demande trop, ne trouve rien à la hauteur de ses exigences. Son comportement amoureux est original, imprévisible. Il voudrait toujours tout contrôler.

Aime exercer un pouvoir. La Lune en carré donne un caractère très changeant, très mouvant en amour. Humeur extrêmement changeante, voire lunatique.
Le foyer est l'endroit où l'on trouve l'intensité (théâtre, fêtes, réunions). S'il vient à s'y ennuyer, il fuit. Par son art, il se sent citoyen du monde.
L'amour : il s'intéresse toujours à des gens nouveaux. Inhibition du sentiment, celui qu'il exprime n'étant pas toujours celui qu'il éprouve réellement. Une certaine duplicité involontaire. Il peut éprouver des difficultés à voir l'autre tel qu'il est et à s'intéresser aux personnes vraiment différentes de lui.
Travail : met son imagination au service de sa vie professionnelle. Il veut maîtriser son imagination. Grande fécondité.

Il est indéniable que Johnny Hallyday bénéficie de dons hors du commun qui se sont manifestés très tôt et qui ne cesseront de croître.

Dans le regard

des autres

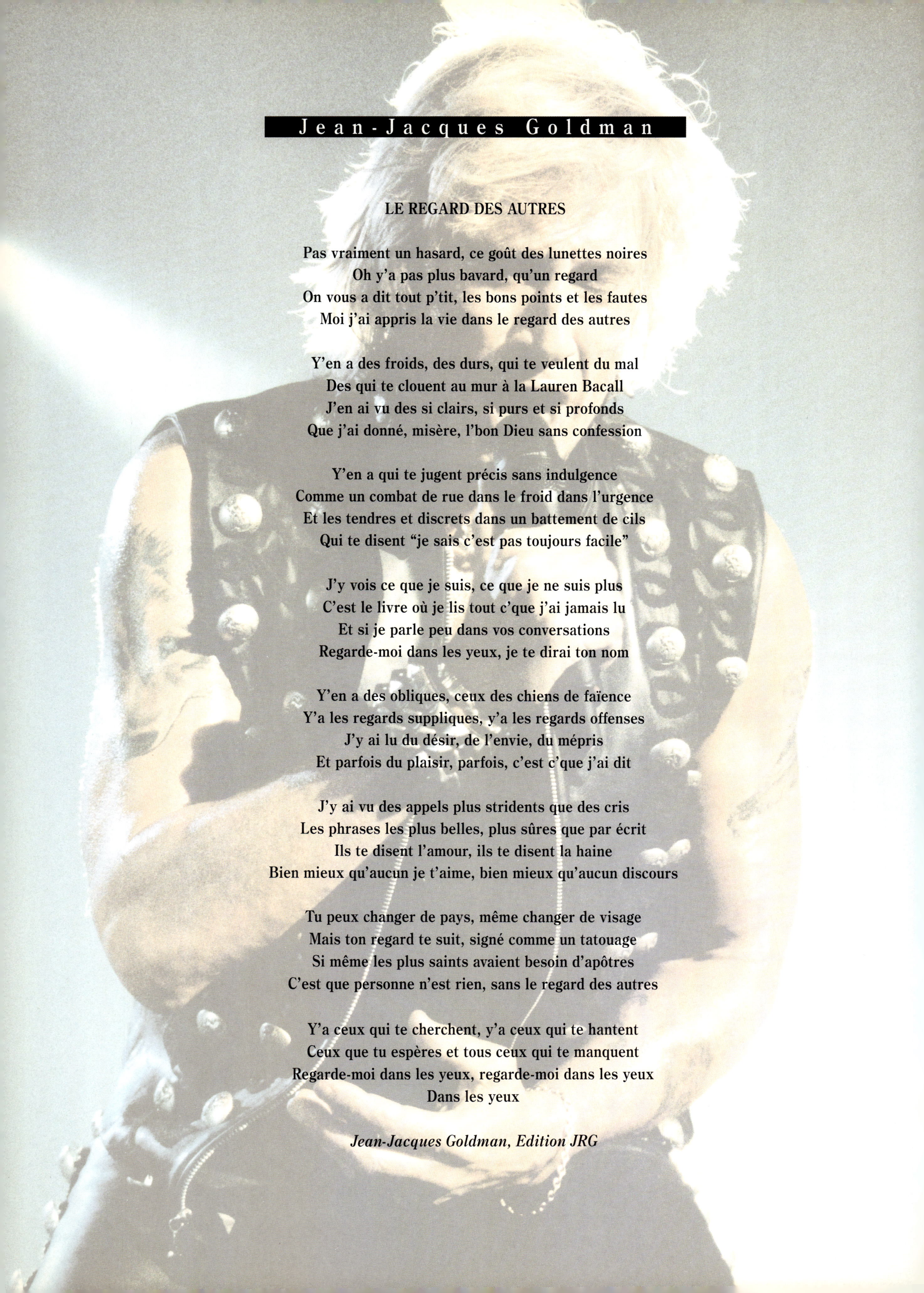

Jean-Jacques Goldman

LE REGARD DES AUTRES

Pas vraiment un hasard, ce goût des lunettes noires
Oh y'a pas plus bavard, qu'un regard
On vous a dit tout p'tit, les bons points et les fautes
Moi j'ai appris la vie dans le regard des autres

Y'en a des froids, des durs, qui te veulent du mal
Des qui te clouent au mur à la Lauren Bacall
J'en ai vu des si clairs, si purs et si profonds
Que j'ai donné, misère, l'bon Dieu sans confession

Y'en a qui te jugent précis sans indulgence
Comme un combat de rue dans le froid dans l'urgence
Et les tendres et discrets dans un battement de cils
Qui te disent “je sais c'est pas toujours facile”

J'y vois ce que je suis, ce que je ne suis plus
C'est le livre où je lis tout c'que j'ai jamais lu
Et si je parle peu dans vos conversations
Regarde-moi dans les yeux, je te dirai ton nom

Y'en a des obliques, ceux des chiens de faïence
Y'a les regards suppliques, y'a les regards offenses
J'y ai lu du désir, de l'envie, du mépris
Et parfois du plaisir, parfois, c'est c'que j'ai dit

J'y ai vu des appels plus stridents que des cris
Les phrases les plus belles, plus sûres que par écrit
Ils te disent l'amour, ils te disent la haine
Bien mieux qu'aucun je t'aime, bien mieux qu'aucun discours

Tu peux changer de pays, même changer de visage
Mais ton regard te suit, signé comme un tatouage
Si même les plus saints avaient besoin d'apôtres
C'est que personne n'est rien, sans le regard des autres

Y'a ceux qui te cherchent, y'a ceux qui te hantent
Ceux que tu espères et tous ceux qui te manquent
Regarde-moi dans les yeux, regarde-moi dans les yeux
Dans les yeux

Jean-Jacques Goldman, Edition JRG

Fans célèbres

Johnny est un sacré bonhomme. En trente-cinq ans de carrière, il est toujours au sommet. Quatre, cinq générations se retrouvent ensemble à ses spectacles, comme on l'a encore constaté cet automne à Bercy. C'est tout simple : je suis un fan, comme l'était déjà en 1964 la compagne d'Aragon, Elsa Triolet, qui prédisait qu'il serait le plus grand chanteur français de ce siècle.

GEORGES MARCHAIS
(homme politique).

Toute sa musique, je l'AIME !
Et ses motos
à en crever...
C'est une star voire un emblême
Un grand Monsieur,
Johnny Hallyday

PHILIPPE VASSEUR
(comédien).

Johnny ! Le Piaf du Yéyé-Rock. L'incontournable bestiole, qui de 7 à 77 ans sans distinction de sexe ou de religion, nous prêche la vie, l'amour, la mort. Et depuis toujours, nous montre que chanter sans donner c'est une nuit sans étoiles. Bref, c'est pas un zombi édulcoré light façon Bambi. C'est le plus grand en France. Vive Johnny !

PHILIPPE SERVAIN
(accordéoniste et compositeur, il accompagne Philippe Léotard sur scène et dans la vie).

J'ai vu Johnny plein de fois tout au long de sa carrière et je reste bluffé par autant de renouvellement, de professionnalisme et de naturel. Il est définitivement le meilleur, c'est un très grand bonhomme qui donne la chair de poule de la tête aux pieds. C'est l'archétype de ce qu'on aurait aimé être : une telle assurance, une telle dégaine.
Je comprends les filles qui peuvent tomber dans les pommes, crier, celles qui peuvent avoir envie d'extérioriser tout ce que nous les hommes on peut avoir en nous.

NAGUI
(présentateur).

Johnny, par sa longue silhouette de cow-boy de music-hall et par sa guitare suspendue à son cou et pendant comme un hochet jusqu'à ses bottes, des bottes de carnaval venant en droite ligne de Memphis, Tennessee, aura marqué les années soixante à l'aube de l'an 2000, trois ou quatre générations de jeunes dont le cœur, grâce à lui, aura battu au rythme du rock. Aujourd'hui, il est impossible de parler rythme sans le sous-titre Johnny. Plus tard il sera difficile d'écrire dix lignes sur le rock sans le citer dix fois. Il aura guéri des milliers d'entre nous de leur immobilisme et de leur timidité. Tout comme Coluche avait donné une nouvelle forme de langage populaire, Johnny aura donné et continue de donner un look Hallyday qui permet, lui aussi, bien des libertés. À quand les restos du rock ?

GUY LUX
(présentateur).

WIAZ
(dessinateur).

Fans célèbres

Bravo, cher Johnny, il faut le faire ! Durer dans le show-biz est un combat sans fin. Adulé par les Français malgré vos écarts, votre existence tumultueuse, il vous faudra toujours et encore durer. Ménagez votre monture, forcez l'entraînement pour gagner toujours et encore.
Votre vieux para,

Général Bigeard
(homme de terrain).

À 10 ans, au lycée à Boulogne, un grand blond s'excitait à la télé... Ça ne devait durer qu'un été...
Depuis, il transperce la mode. Il est la mode. Il arrête le temps. Les couleurs de l'amour et les accents du blues n'ont plus de secrets pour lui. J'ai eu le privilège de lui écrire *Requiem pour un fou, Chiens de Paille* et *Chez Madame Lolita* avec Gilles Thibault. Privilège rare.
Avec le temps et après avoir écrit pour de nombreux artistes différents, je ne pense qu'à la prochaine chanson que je lui présenterai. Johnny... quand tu veux et Merci.

Gérard Layani
(auteur, compositeur).

Gérard LAYANI

Un petit mot pour un si grand "Monsieur" ! Je n'en vois qu'un seul, il est en première ligne. L'émotion, l'authenticité, la vérité, sur scène il nous offre tout cela. Grand, vous êtes un grand. Merci à vous, Johnny Hallyday.

Eric Dietrich
(comédien).

Quand je vois et quand j'entends Johnny Hallyday, je me dis : "Quand j'étais petite, j'aurais bien aimé avoir un grand-père comme lui, avec lequel j'aurais pu rire et chanter".

Régine Deforges
(écrivain).

Johnny, il ne faut pas en parler. Il faut l'écouter.
Le Groupe Singe de Dieu
(musiciens rock).

Il est fréquent de rencontrer des personnes qui, apprenant mes activités de cameraman au long cours sur la vie de Johnny, concluent par un sempiternel "tu as de la chance !" Oui, certainement, de la chance de côtoyer le mythe, l'idole, La Star, de la chance de le filmer d'avions en palaces, de voitures de sport en bateaux de course, de Ramatuelle à Miami, de la chance encore d'apporter tous les jours une pièce à l'édifice d'un portrait évolutif et heureusement toujours inachevé.
Mais tout ceci n'est pas grand-chose au regard de la vraie chance, celle de fréquenter quelqu'un d'exceptionnel, un être excessif en tout dont les défauts sont en place publique et les qualités au secret, barricadées à double tour, un peu comme lui-même, condamné par le succès à vivre reclus sur sa planète.
La vraie chance, c'est de participer à une aventure humaine hors du commun et - peut-être - d'avoir la faiblesse de croire à son amitié. La chance c'est d'avoir rencontré quelqu'un de bien.

Patrice Gaulupeau
(cameraman).

PATRICE GAULUPEAU

Amie de toute une vie

Amie de toute une vie

Quand le masque tombe… Que je t'aime.
JOSETTE.

VINGT ANS

(Sandrine Décembre / Gérard Layani)

Quand le rideau tombera sur moi
Aux premières lueurs du matin
Je sais d'avance ce qu'on dira de moi
Alors ce soir, je vous préviens :

Je veux pas devenir un mausolée
Ni un monument historique
J'préfère partir dans la foulée
D'un solo d'guitare électrique

La seule, la vraie, la plus fidèle
Qui n'm'ait jamais abandonnée
De toutes les filles, les Gabrielles
Qui me juraient l'éternité

Ce soir je peux croire que j'ai 20 ans
Quand elle est dans mes bras j'ai le temps
Les cordes vibrent parlent pas d'souvenirs
Il nous reste ces morceaux à venir

De ma jeunesse je garde cette envie
La plus belle qu'elle m'ait donnée
Celle de venir vous chanter
Cette peur que s'finisse la vie

Car on est tous au petit matin
Lorsqu'on a tant de souvenirs
Qu'on en oublie d'penser à l'avenir
La gorge nous empêchant d'crier

Avec elle j'crois qu'j'ai 20 ans
Ces 6 cordes me lient à vous
Vous qui savez qu'on reste enfant
Seul au cœur lourd aux rêves fous

Grandir vieillir mourir et pire
C'est pas facile j'peux en convenir
fallait prévenir
Mais la vie c'est avant tout jouer
Chanter crier vous retrouver

Ici même je vous préviens
Elle moi vous on est si bien
Quand la vie m'aura trop donné
J'aim'rais comme Molière être à vos côtés.

FILLES DE L'AN 2000
(Hélène Kurelsky)

Des filles fragiles s'entêtent dans nos villes
J'en ai rencontré certaines
Ils ont dû vous en parler
Moi je vais vous les raconter

Des filles modernes de l'an 2000
En pleine révolution seules à la maison
Des filles planning avec des jobs "béton"
Qui flirtent parfois avec un lexomil

Des filles qui font peur
Fragiles comme des fleurs
Qui gèrent à 200 à l'heure
Un père et les quatre heures

Guitry serait devenu fou
Elles font mes lights ou gèrent le son
Leur pères sont fiers
Se posent trop de questions

Si elles avaient le choix
Entre le rêve et la T.V.A.
Elles s'oublieraient dans vos bras
Pour une vie, quelques mois

Des filles fragiles construisent nos villes
J'en ai rencontré certaines
J'ai dû vous en parler
Ou peut-être en ai-je rêvé

Allons,

De gauche à droite et de haut en bas :
- Benjamine, costumière des musiciens.
- Anniversaire de Ian au restaurant.
- "The Band", à la remise du disque d'or.
- Loulou, éclairagiste.
- Éric Dietrich, comédien.
- Jean-Yves Billet.
- Ian et Jim, en compagnie des fans à Strasbourg.
- Philippe Vasseur, comédien.

il faut partir !

Il y a des êtres qui, sans vraiment les connaître, font partie de votre vie parce qu'ils ont des élans qui ressemblent à ce que nous aimons et nous avons le sentiment de toucher la même étoile. En lui coule une rivière de tendresse, qui le rend si émouvant que personne ne peut rester insensible à ses courbes. S'il butine de fleur en fleur, c'est pour boire l'elixir d'amour dont son cœur a besoin. Et, si l'harmonie se cachait sous une fleur, le printemps ne serait-il pas éternel ?
L'expression artistique de Johnny Hallyday est un hymne à l'énergie, la puissance, la crédibilité, l'aventure, la joie de vivre, à l'envie d'aimer. Alors, comment ne pas rechercher celui qui porte cela ? L'homme de tendresse, l'homme d'amour, l'homme de fraternité, l'homme d'harmonie, l'homme de liberté, l'homme tout simplement.

MADDLY BREL

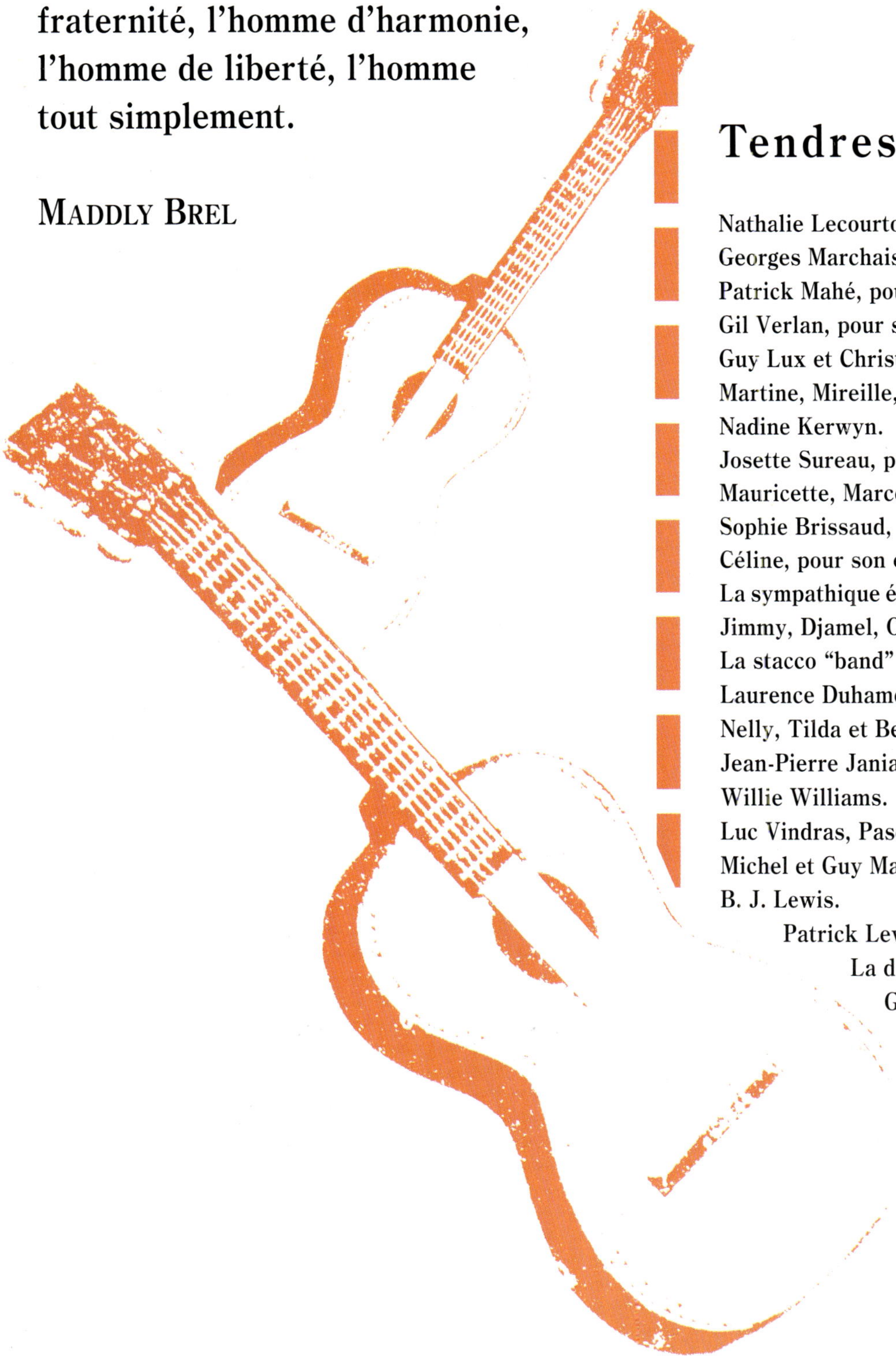

Tendresse et big Merci à :

Nathalie Lecourtois, Patricia Dimov.
Georges Marchais, pour sa gentillesse.
Patrick Mahé, pour son aide et ses encouragements.
Gil Verlan, pour son écoute.
Guy Lux et Christophe.
Martine, Mireille, Patrick, pour leur soutien.
Nadine Kerwyn.
Josette Sureau, pour sa douceur et ses jolies photos.
Mauricette, Marcel, Pascal Cap.
Sophie Brissaud, notre talentueuse astrologue.
Céline, pour son efficacité et sa patience.
La sympathique équipe du ©harmandising d'Olivier de Bosson.
Jimmy, Djamel, Olivier.
La stacco "band" de Strasbourg.
Laurence Duhamel, dite Lola.
Nelly, Tilda et Benjamine.
Jean-Pierre Janiaud.
Willie Williams.
Luc Vindras, Pascal et Christophe.
Michel et Guy Marseguerra, Roger Abriol et Laetitia.
B. J. Lewis.
Patrick Levy pour son accueil.
La délicieuse équipe du catering.
Gill Paquet.
Nagui, Éric Dietrich, Philippe Vasseur.
Le Général Bigeard.
Régine Deforges et Pierre Wiaz.
Bernard Tritter et son village que j'aime.
A toi, crevette décortiquée.

Crédits photographiques :
Toutes les photos de cet ouvrage sont de Sonia Kourda et Sandrine Décembre.
Page 13 (bas, droite) : photo de Claude Denis.
Page 89 (incrustation) : Patrick Levy.
Page 104 : collection privée Josette Sureau.
Page 105 : © INA. Photo : Guilloteau, Rendez-vous avec Jacques Brel, 17/09/1960.
Pages 114-115 : collection privée Josette Sureau.
Pages 116-117 : photo de Clara Beck.

Responsable éditoriale : Anne Spengler-Maitre
Conception graphique : François Huertas, étienne Hénocq
Thermoformage : Montbras
Photogravure : Eurésys à Baisieux.
Achevé d'imprimer sur les presses de l'Imprimerie Moderne de l'Est à Baume-les-Dames.
N° d'imprimeur : 10494
N° d'édition : 96010-35922
Dépôt légal : 3147, février 1996.
ISBN : 2.01.237051.9
23.01.7051.01/8